바람의 사자들

바람의 사자들

초판 1쇄 발행 • 2016년 7월 15일

지은이 • 배미주
펴낸이 • 강일우
책임편집 • 정편집실 김효근
조판 • 신혜원
펴낸곳 • (주)창비
등록 • 1986년 8월 5일 제85호
주소 • 10881 경기도 파주시 회동길 184
전화 • 031-955-3333
팩시밀리 • 영업 031-955-3399 편집 031-955-3400
홈페이지 • www.changbi.com
전자우편 • ya@changbi.com

배미주 소설집

바람의 사자들

창비

차 례

이
자
야
의
구
슬

옛 왕의 무덤에서 나온 유리구슬은 아름다운 구슬 목걸이 한가운데 달려 있었다. 흰 부처님의 얼굴과 수호 새와 노란 열반 꽃이 무늬를 이룬 파란 유리구슬은 세상에서 하나뿐인 아름다움으로 빛났다. 왕의 무덤에서 나온 부장품들이 흔히 그렇듯, 세상에서 가장 아름다운 그 유리구슬도 먼먼 곳에서 온 이야기를 담고 있었다.

서라벌 •

항주 •

인 도

해적 출몰 지역

유리 공방이 있는 항구

이자야의 고향

1

    이자야는 바다 위 집에서 태어났다. 고대 인도네시아 섬
나라에 아직 스리비자야 왕국이 세워지기 전이다.

    얕은 바다에 네 개의 다리를 박아 넣고 그 위에 올린 나무
집들이 작은 마을을 이루고 있었다. 이자야의 가족과 이웃
들은 바다에 잠긴 다리 밑동에 그물을 쳐서 새우를 잡았다.
밀물 때 그물에 걸려든 새우를 썰물 때 거두어 올리는 것이
다. 가끔은 어른들이 통나무배 둘을 이어 붙인 쌍동배를 타
고 나가 고기를 잡기도 했다.

    그들이 사는 자와 섬도 다른 섬들처럼 울창한 열대림으
로 덮여 있었다. 이자야의 조상은 숲에서 나무를 태운 자리

에 밭을 일구어 농사를 짓던 화전민이었다. 숲에 도사린 열병과 무시무시한 풍토병이 그들을 하나둘 내쫓았다. 사람들은 숲을 두려워했지만 멀리 떠나지는 않은 채 얕은 바다에서 살아왔다.

삶에 필요한 것이 많지 않은 사람들이었다. 남자 여자 아이 할 것 없이 맨발에, 옷은 허리에 두른 천이 전부였다. 이자야의 낡은 요람은 이자야의 어머니가 아기일 때 썼던 것이었다.

하늘과 바다는 아름답고 변화무쌍한 책이었다. 이자야는 그 책이 펼쳐 보이는 다채로운 이야기를 읽고 또 읽으며 자랐다. 파도는 언제라도 함께 놀 수 있는 장난꾸러기 친구였다. 가끔은 무섭게 성을 내었다가도 언제 그랬냐는 듯 마음을 풀었다.

바닷속은 또 얼마나 아름다운지. 물풀과 산호초와 물고기들은 얼마나 형형색색 예쁜지. 그래도 이자야가 가장 사랑하는 것은 눈부시게 파란 바다 빛깔이었다.

"여보, 이 애 눈엔 우리가 보지 못하는 것까지 보이나 봐요."

이자야의 어머니는 남편에게 그렇게 말하곤 했다. 시시각각 미묘하게 바뀌는 바다와 하늘의 색채를 이자야만큼 섬세하게 분별하는 사람은 없었다. 언제 바다가 변덕을 부릴지, 하늘이 소나기를 퍼부을지 이자야보다 더 빨리 알아차리는 사람도 없었다. 사람들은 이자야가 훌륭한 어부가 될 거라고 말했다.

"이자야, 항구에 새우젓과 생선을 팔러 가자."

이자야가 열세 살이 되었을 때 아버지가 말했다.

어머니는 이런 날이 오면 주려고 만들어 놓은 이자야의 겉옷을 내주었다. 생선을 팔아 마련한 옷감으로 지은 옷이었다.

"고맙습니다, 어머니."

이자야는 옷을 소중하게 껴안고 행복하게 웃었다. 태어나 처음 입어 보는 옷다운 옷이었다.

발밑에서 파도가 철썩대며 이자야를 불렀다.

"걱정 마. 내가 널 얼마나 좋아하는지 알잖아. 항구라니, 왠지 고래처럼 커다랗고 잿빛일 것 같지 않니?"

이자야는 그렇게 친구를 달래었다. 항구도 고래도 본 적이 없었지만. 이자야는 항구를 머릿속에 그려 보려 했지만 아무것도 떠오르지 않았다. 상상의 재료가 너무 부족했던 것이다.

부자는 통나무로 만든 배를 타고 해협을 거슬러 올라갔

다. 처음엔 드넓은 바다 멀리 밀려갈까 뭍에 바짝 붙어 조심스레 노를 저었다. 그렇게 하루를 꼬박 노 저어 가자 비로소 물목이 좁아졌다.

"오늘 밤은 한뎃잠을 자야 한다."

아버지는 무성한 맹그로브 숲에 배를 붙들어 맸다. 아버지는 피곤했는지 금세 코를 골았지만 이자야는 잠들지 못했다. 물에 뿌리를 내린 숲이 거칠게 숨 쉬는 게 느껴졌다. 그에 맞서듯 배 바닥 바로 아래 물이 짐승처럼 꿈틀댔다. 산호초가 물고기들의 보금자리이듯이 물에 잠긴 숲의 나무뿌리 또한 풍성한 생명의 보금자리였다.

온갖 곤충과 새들의 울음소리가 들려왔다. 파도 소리 말곤 들은 적 없는 이자야의 고막은 장엄한 밤의 합창을 한껏 빨아들였다. 까무룩 잠들려던 순간 눈꺼풀을 들어 올린 이자야의 눈에 신비로운 녹색 빛들이 한가득 깜빡이는 게 들어왔다.

다음 날 이자야는 전날 밤 본 게 뭐였는지 아버지에게 물었다. 아버지는 반딧불이 수컷들이 암컷을 유혹하기 위해 꽁무니 빛을 깜빡이는 거라고 했다.

빛으로 들려주는 사랑의 노래라니. 두근두근 심장 박동 같던 녹색 빛들.

이자야는 작은 벌레들이 힘을 합쳐 창조한 그 신비롭고 아름다운 빛깔을 잊을 수가 없었다.

항구에 도착했을 때는 이미 해가 저물었다. 지친 부자는 여관 주인에게 짐을 맡기고 방에 드러눕자마자 그대로 잠들어 버렸다. 다음 날 느지막이 일어난 부자는 새우젓과 소금에 절인 생선이 담긴 나무통을 들고 밖으로 나갔다.

"와!"

이자야는 할 말을 잃었다. 부두까지 이어진 길가에 나무로 지은 가게들이 누각을 뽐내며 서 있었다. 이자야는 이름도 모르고 본 적도 없는 것들이 가게마다 넘쳐 났다. 부두에는 엄청나게 큰 돛을 단 상선 여러 척이 닻을 내리고 있었다. 아버지와 이자야가 타고 온 통나무배와는 비교도 안 되게 멋진 배들이었다. 막 닻을 내린 배에서 사람들이 내렸다. 저마다 다른 생김새, 다른 옷차림을 하고 알아듣지 못할 말로 떠들어 대지만 하나같이 부유해 보이는 사람들이었다. 이자야는 뭐라도 묻을까 봐 조심하느라 불편해 죽을 지경이던 제 옷을 내려다보았다. 배에서 내린 사람들이 입은 것에 비하면 이자야의 옷은 거적때기에 불과했다.

'바다에서 놀 땐 벌거숭이가 최고인걸. 나더러 저런 옷을 입고 살라고 하면 막 잡아 올린 물고기처럼 입을 뻐끔대다

가 숨이 막혀 죽고 말 거야.'

아버지가 이자야의 손에 뭔가를 쥐어 주며 말했다.

"이자야, 아버지가 생선 다 팔고 올 동안 너는 구경이나 하고 있으렴. 이걸로 사고 싶은 게 있음 사고."

이자야는 아버지가 준 동그랗고 가운데에 구멍이 뚫린 쇠붙이를 요리조리 뜯어보았다. 이걸로 무얼 살 수 있다고? 저 가게들에서? 새 옷을 입고 그 조그만 쇠붙이를 손에 꼭 쥐고 가게들을 구경하자니 쌓이고 널린 물건들이 다 제 것인 양 가슴이 부풀었다.

이자야는 한 가게 앞에서 발길을 멈추었다. 그곳은 유리 구슬을 파는 가게였다.

이자야는 홀린 듯 가게 안으로 들어갔다. 그 조그맣고 빛깔 고운 것들이 바닷속에서 본 것과 닮아서였다.

'이런 건 어디서 캐어 오는 걸까? 정말 예쁘구나.'

이자야는 구슬들에 코를 박고 움직일 줄을 몰랐다. 가게 점원이 미심쩍은 표정으로 이자야의 맨발과 옷을 훑어보며 무얼 살 거냐고 물었다. 이자야는 아버지가 준 동그란 쇠붙이를 내밀며 구슬들을 가리켰다.

"한 주먹만큼만 주세요."

점원이 웃음을 터뜨렸다.

"네가 손에 쥔 그걸 한 주먹 가져와도 이 유리구슬 하나 못 산다."

점원은 시무룩해진 이자야를 다시 훑어보더니 은근한 목소리로 말했다.

"이게 갖고 싶니? 네가 제아무리 열심히 일해도 유리구슬을 살 돈을 벌진 못할 거야. 그보다 좋은 방법이 있지."

"그게 뭔데요?"

"여기서 일을 배우는 거지. 우리 주인님은 정말 마음이 좋아서 돈 한 푼 받지 않고 귀한 기술을 익히게 해 주신단다. 그런데도 배은망덕한 녀석들이 고마운 줄도 모르고 달아나 버리지. 너는 보아하니 아주 성실할 것 같구나. 어때, 한번 일해 보겠니?"

이미 구슬에 마음을 빼앗긴 이자야는 홀린 듯 고개를 끄덕였다.

이 섬에서 언제부터 유리구슬을 만들기 시작했는지는 아무도 모른다. 처음 유리가 탄생한 곳은 먼 서쪽 이집트라고 한다. 유리 만드는 기술은 사람들을 따라 곳곳으로 퍼져 나가서 이천 년쯤 걸려 이자야가 있는 섬에 이르렀다. 동쪽에서 온 상인들도 서쪽에서 온 상인들도 모두 이 항구를 거쳐 갔기 때문에 공방 거리는 점점 더 번성했다. 이 섬은 특히 씨앗 구슬로 유명했다. 가운데 구멍이 뚫려 목걸이나 팔찌 따위 장신구를 만드는 데 쓰이는 씨앗 구슬은 동쪽 나라들의 왕과 귀족에게 인기가 높았다.

점원의 꾐에 넘어가 이자야가 일하게 된 유리 공방의 주인은 바수끼라는 솜씨 좋은 장인이었는데 아주 콧대가 높아 자기가 만든 구슬이 최고라고 믿었다. 아들이 없어 제자 중에 쓸 만한 녀석이 있으면 두 딸 가운데 하나와 결혼시켜 가업을 물려줄 생각을 하고 있었다. 많은 젊은이가 도제로 들어왔지만 일이 무척 힘든 데다가 깐깐하고 잔소리가 심한 바수끼 때문에 오래 못 버티고 떠나 버리기 일쑤였다.

"그런 녀석들이라면 붙잡을 필요도 없지. 없고말고!"

바수끼는 콧방귀를 끼며 큰소리를 쳤다.

이자야는 아버지와 함께 집으로 돌아왔다. 구슬 만드는 일을 배우고 싶다는 이자야의 말에 부모님은 고개를 끄덕였다.

"그게 어떤 일인지 우린 모르겠지만 먹고사는 일이 다르게 있겠니. 작살로 물고기를 잡듯 마음을 하나로 모으되 서두르지 마라."

이자야는 철썩철썩 구슬프게 우는 파도를 달랬다.

"그리 멀리 가진 않아. 보러 올게. 어머니 아버지도, 너도 그리울 거야."

갓 도제가 된 이자야는 모래를 고르고 불을 살피는 일을 했다. 고된 일이었지만 유리의 질과 색감이 결정되는 중요한 과정이었다. 불을 다루는 일이 고된 것은 잠시라도 딴생각을 하거나 한눈을 팔아서는 안 되기 때문이다. 대부분의 젊은 도제들은 이 단계에서 이미 나가떨어지곤 했다. 하지만 하늘과 바다가 미묘하게 변해 가는 모습을 하루 온종일이라도 바라볼 수 있는 이자야에겐 어려울 게 없는 일이었다. 이자야는 다른 사람들보다 훨씬 빨리 불을 다루는 일을 익혔다. 바수끼는 이자야를 눈여겨보기 시작했다.

'괜찮은 녀석이 들어왔는데? 눈썰미와 집중력은 유리장이에게 꼭 필요한 것이지.'

어느 날 바수끼는 모래를 녹이고 있는 이자야를 불렀다.

"네가 한번 잘라 보겠니?"

바수끼가 내미는 집게엔 엿가락 같은 유리 막대가 들려 있었다. 채 반 년도 안 된 도제에게 유리를 맡기는 일은 예전의 바수끼라면 생각도 못 할 일이라 다른 일꾼들은 벌린 입을 다물지 못했다. 이자야는 기쁨을 누르고 조심스럽게 집게를 받아 든 다음 길이를 맞추어 유리 가위로 한 토막씩

잘랐다. 말로 옮길 수 없는 느낌이 손에서 가슴으로 전해져왔다. 잘라 낸 도막을 다시 화롯불에 달구며 하나씩 모양을 다듬고 서서히 식히자 감색 씨앗 구슬들이 탄생했다. 어미 새가 알을 보듯 이자야는 그 작은 구슬들을 들여다보았다. 마음속에서 처음 맛보는 기쁨이 꽃망울처럼 툭툭 터졌다.

이런 기쁨을 맛본 사람은 밤낮도 잊고 몰두하기 마련이다. 이자야는 일이 끝나 모두 돌아간 저녁에도 공방에 남아 유리와 황홀한 씨름을 계속했다. 바수끼는 모른 척 내버려두었다.

일 년 가까이 더 흐른 어느 날, 공방 문을 가장 먼저 들어선 장인이 지금껏 보지 못한 구슬들을 작업대에서 발견했다. 그 장인은 흥분해서 들어오는 사람마다 이 구슬 좀 보라고 떠들었고, 이윽고 바수끼가 들어오자 존경을 듬뿍 담은 목소리로 외쳤다.

"주인님! 주인님은 역시 최고예요. 어쩜 이렇게 아름다울까요? 이 깊고 풍성한 파랑은 뭐랄까…… 꼭 어머니 품을 닮은 바다 같아요. 이 투명한 녹색 구슬은 또 어떻고요! 어쩜 감쪽같이 저희에게도 숨기셨습니까. 대체 어떻게 하신 겁니까. 이렇게 반투명한 구슬은 그동안 한 번도 내보이신 적이 없지 않습니까?"

바수끼가 당혹한 얼굴로 대꾸했다.

"이건…… 내가 만든 구슬이 아닌데."

그때 이자야가 모래 자루를 지고 들어오며 언제나처럼 순진무구한 얼굴로 씩씩하게 아침 인사를 했다.

"유리 만들기 딱 좋은 날씨네요!"

이자야가 날마다 하는 인사였다. 이자야에게 유리 만들기 나쁜 날씨란 없었다. 이자야를 본 순간, 구슬을 처음 발견했던 장인이 아차! 하는 표정을 지었다. 공방 사람들이 다 보는 앞에서 주인에게 큰 실수를 했다는 걸 깨달은 것이다.

"이자야, 이 구슬들 네가 만든 거냐……?"

"아, 그거요? 치우고 자러 가야 되는데 그만 깜빡했네. 죄송해요. 어제도 실패였어요. 언제쯤 진짜 바다 빛깔을 담을 수 있을까요? 바다를 너무 잘 아니 스스로를 속이지도 못해요. 그래도 녹색 구슬은 조금 만족스러워요. 반딧불이 빛 같은 느낌을 내고 싶어 얼마나 오래 애를 썼는지……!"

"이자야, 술 한잔 살 테니 그 구슬을 어떻게 만들었는지 들려 다오."

파란 구슬을 처음 발견했던 장인이 이자야를 졸랐다.

"전 술을 못 마시는걸요."

공방에서 떠나기 싫은 이자야가 웃으며 사양했지만 그는 막무가내였다.

"무슨 소리냐. 난 네 나이 적엔 하룻저녁에 술 한 통을 비웠다."

그렇게 등 떠밀리다시피 이자야는 부둣가 주점으로 갔다. 공방에서 일한 뒤로 처음 있는 일이었다. 구슬에 푹 빠져 지내느라 바깥세상은 잊고 살았던 것이다. 두 사람은 주점에서 로마 제국의 상인들과 이야기를 나누게 되었다. 그들은 향료나 비단을 주로 거래했지만 도자기나 유리 제품에도 조예가 깊었다. 젊은 상인 하나가 구슬을 하나 꺼내 보여 주었다. 특이하게도 사람 얼굴 형상을 한 구슬이었다. 주홍색 바탕에 검게 화장한 두 눈이 이자야를 무섭게 노려보았다.

"악귀를 쫓아 주는 부적 같은 거라오. 배를 탈 때 몸에 지니면 든든하지요."

이자야는 그 구슬에 마음을 빼앗겼다. 이곳에선 아직 무늬나 모양이 있는 구슬을 만드는 사람이 없었다. 집으로 돌아와서도 공방에서 일하면서도 로마 사람의 구슬이 마음에서 떠나지 않았다.

'파란 바닷속 깊숙이 헤엄치는 물고기들도 모두 저마다 다른 생김새와 색깔과 무늬를 뽐내지. 세상은 색깔만이 아니고 모양과 무늬로 이루어져 있어. 거기에는 다 이유가 있을 거야. 로마 사람의 구슬이 무섭게 생긴 건 두려움을 쫓고자 하는 마음을 담아서이고, 아기가 귀여운 것은 어머니의 사랑을 받기 위해서야. 모습이 마음을 이루고 마음이 모습을 빚는다니 얼마나 신비로운 일인가.'

이자야는 밤마다 텅 빈 공방에서 새로운 도전에 골몰했다. 그러던 어느 날 바수끼가 생선 냄새 맡은 늙은 고양이처럼 슬그머니 들어왔다.

"뭘 하고 있는 거냐?"

작업대와 이자야를 음울한 눈으로 번갈아 보면서 바수끼가 물었다. 이자야는 수줍게 구슬에 모양과 무늬를 담는 작업에 몰두하고 있노라고 대답했다.

바수끼의 입 끝이 실룩이기 시작했다.

"몸 누일 집을 주고 배불리 먹여 주었더니 도제 주제에 자기가 뭐라도 되는 줄 아는구나."

바수끼가 거친 손가락으로 작업대를 가리켰다.

"자, 봐라. 우리는 긴 유리 막대를 잘라 구슬 여러 개를 한 번에 만든다. 로마 녀석들은 구슬을 하나씩 만드니까 모양을 넣어 빚는 것이 쉽겠지만 우린 달라. 이미 식어 버린 구슬들에다 무늬 조각을 붙이려면 얼마나 까다롭고 시간이 많이 걸리겠느냐? 응? 지금도 잘만 팔리는데 왜 그런 힘든 짓을 한단 말이냐?"

"하지만 스승님……."

바수끼는 갑자기 화가 치밀어 올라 이자야를 작업실에서 끌어내며 소리 질렀다.

"내, 내 공방에서 썩 나가! 이제 일이 끝난 시간엔 여기 붙어 있지 마라. 집에 가 잠이나 자!"

이자야는 영문도 모른 채 잘못했다고 빌며 밖으로 쫓겨갔다. 혼자 남은 바수끼는 양손으로 머리를 감싸 쥐었다. 어둠 속에서 바수끼는 중얼거렸다.

"감히…… 감히 도제 주제에."

일 끝나고 전처럼 공방에 남지 못하게 된 이자야는 부둣가에 앉아 시간을 보냈다. 배를 타고 내리는 사람들을 바라보면서 머릿속에서 구슬을 빚고 또 빚었다. 몇 번이고 실패와 도전을 거듭했다. 모르는 사람들 눈엔 골똘히 생각에 빠져 혼자 중얼거리는 이자야가 미친 사람처럼 보였을 것이다.

어느 날, 이자야에게 막 배에서 내린 한 사람이 다가왔다. 남루한 가사를 입은 젊은 스님이었다. 흔히 보는 여행자는 아니었다. 이 섬에는 아직 멀리서 불법을 배우러 올 만한 사원이 없었기 때문이다. 인도에서 불법을 배운 뒤 배를 타고 고향으로 돌아가려는 스님들은 드물게 있었다.

그 스님은 이자야에게 먹을 것이 있으면 좀 나누어 달라고 청했다. 유창하진 않아도 두루 통하는 뱃사람 말이었다.

"저는 해명이라고 합니다. 육 년에 걸친 수도승 생활을 끝내고 고향으로 돌아가는 길입니다."

이자야는 저녁을 사겠다고 했다. 스님은 감사의 목례로 받아들였다. 더위와 추위, 짐승과 도적의 위협, 그리고 낯선 이의 자비심도 여행의 동반자였다.

이자야는 스님이 따뜻한 차와 음식으로 배를 채우고 나자 어디서 왔는지 조심스럽게 물었다.

"신라에서 왔습니다. 당나라 동쪽 끝에 있는 작지만 부강한 나라지요."

이자야는 신라에 대해 들려 달라고 청했다. 해명 스님은 가만히 고개를 끄덕였다.

"아름다운 땅이지요. 사계절이 있고 벼농사를 짓고 뽕나무도 기릅니다. 숲이 울창하고 사냥할 짐승도 많지요. 젊은 이들은 활을 잘 쏘고 말도 잘 탑니다. 상인들은 배를 타고 서쪽 멀리까지 항해하지요. 수도인 서라벌은 기운찬 북천과 맑은 남천과 잔잔한 서천으로 에워싸여 있고 동쪽으로 가면 깊고 푸른 바다가 있습니다. 반달 모양 언덕에 왕궁이 있는 데……."

문득 말을 멈춘 해명 스님은 눈을 감고 숨을 깊이 들이쉬었다.

"반달 모양 언덕에는 왕궁이 있는데 그 궁에는 세상에서 가장 아름다운 공주님이 살지요."

이자야는 해명 스님에게 아직 못다 한 이야기가 있다고 느껴졌다. 이곳이 중간 항구로 이름을 떨치는 것은 섬 사이 해협으로 부는 계절풍 때문이었다. 여름에는 남서쪽으로 배를 힘차게 밀어 주다가 겨울이 오면 다시 바람의 방향이 바뀌어 북동쪽으로 힘차게 밀어 준다. 그 때문에 동과 서를 오가는 수많은 배들이 때맞추어 몰려드는 것이다.

"북동풍이 불려면 아직 멀었어요. 그때까지 저의 집에 머무르시면 어떨까요? 그저 말벗이나 되어 주세요. 스님의 이야기를 좀 더 듣고 싶어요."

배를 기다리는 동안 머물 곳이 없으리라 짐작한 이자야가 그렇게 제안하자 해명 스님은 두 손 모아 감사를 표현했다.

"자비로우신 분, 부처님의 가호가 늘 함께하실 겁니다."

이자야는 해명 스님과 함께 지내게 되었다. 이자야가 일하러 나가면 스님은 불경을 번역하거나 산책을 나갔다. 이자야가 돌아오면 함께 저녁을 먹으며 이야기를 나누었다.

해명은 아쉬울 것 없는 신분으로 태어나 부족함 없이 자란 사람이었다. 그 일이 있기 전까지는 말이다.

신라에서는 해마다 가배라는 잔치를 벌인다. 서라벌의 여인네들이 두 편으로 나뉘어 길쌈 내기를 해서 팔월대보름에 진 편에서 음식을 내는 것이다. 이긴 편에게 상을 내리는 건 공주의 몫이었다. 열네 살 되던 가을, 가배의 마지막 날 백성들 앞에 처음 나선 공주를 보자마자 해명은 한눈에 사랑에 빠졌다. 공주는 아직 어린 소녀에 불과했는데도 수많은 서라벌 소년들이 공주를 사모했다. 그날부터 공주는 해명의 해요 달이 되었지만 해명은 사랑을 이룰 길이 없다는 것도 잘 알았다. 둘은 신분이 달랐기 때문이다. 신라에선 왕족만이 공주와 혼인할 수 있었다.

해명의 심장은 이룰 수 없는 사랑에 활활 타서 재가 되었다. 그는 공주의 사랑을 얻진 못해도 공주와 마찬가지로 고귀한 존재가 되어 그 앞에 나타나겠다는 결심을 했다. 신라에서는 스님들이 존경을 받았다. 그중에서도 왕족조차 존경하고 우러르는 국사가 되겠다는 꿈을 품은 것이다. 해명은 불법을 배우기 위해 인도로 떠나기로 결심했다.

"떠나기 전날 밤 왕궁이 내려다보이는 산에 올라 소나무 아래 바위에 공주님의 이름을 새겼습니다. 그리고 제 지난 삶을 떨치고 단호히 길을 떠났습니다. 아, 무척 험난한 여정이었답니다. 죽을 고비도 몇 번이나 넘겼고요. 부처님의 자비심이 함께하지 않았다면 어떻게 제가 이렇게 무사히 돌아갈 수 있겠습니까."

이자야는 해명 스님의 이야기에 감동하여 한숨을 쉬었다.

"스님의 마음을 알 것도 같아요. 저도 아버지를 따라 항구에 나왔다가 구슬에 마음을 빼앗겨 도제가 되었거든요. 이웃들은 제가 훌륭한 어부가 될 거라고들 했었죠."

이자야는 구슬 만드는 일과 자신의 꿈에 대해 들려주었다. 해명 스님은 이자야가 만든 구슬을 보며 감탄했고 이자야의 꿈에 대해서도 격려해 주었다.

"저는 가끔 꿈을 꾼답니다. 수호 새들이 어떤 근심도 들어오지 못하도록 지키고, 영원히 지지 않는 노란 꽃이 흐드러진 들판에서 부처님과 함께 아이처럼 노니는 꿈을요."

"구슬로 빚어 보고 싶은 아름다운 꿈이네요."

이자야는 해명 스님의 꿈을 머릿속으로 그려 보았다. 부처님을 한 번도 본 적이 없어서 이자야의 상상 속 부처님은 검게 타고 주름진 얼굴로 이자야를 보며 웃는 아버지의 모습이었다.

바람의 방향이 바뀌었다. 스님이 떠나야 할 때가 된 것이
다. 이자야는 허전한 마음에 일손이 잘 잡히지 않았다. 뱃길
에 요긴한 차와 생필품을 사러 부두에 들렀다 집으로 돌아
온 이자야는 마당에 쓰러져 있는 해명 스님을 발견했다. 옆
에는 바구니가 나동그라져 있고 나무 열매와 버섯이 흩어져
있었다. 이자야는 스님을 집 안으로 옮긴 뒤 주술사를 부르
러 갔다. 이 마을에서 약초를 써서 치료할 줄 아는 이는 주
술사뿐이었다.

무슨 일이 있었던 걸까? 독충이나 뱀에 물린 걸까? 아님
숲에 도사린 악귀가 스님을 덮친 걸까? 주술사의 처방대로
약초 달인 물을 먹이고 밤새 옆에서 돌봤지만 펄펄 끓는 열
은 내릴 기미를 보이지 않았다.

닷새째 되는 날 해명 스님은 세상을 떠나고 말았다.

바수끼는 이자야가 며칠 동안 집으로 돌아가 쉬도록 허락
해 주었다. 부모님은 떠날 때와 마찬가지로 담담하게 이자
야를 맞았다. 이자야는 꼬박 이틀을 잤다. 깨어났을 땐 낮이
었다. 이자야는 몸을 일으켜 오두막 밖으로 나갔다.

파도가 반갑다는 듯 철썩철썩 몸을 부딪쳐 왔다. 이자야는 마음을 안정시켜 주는 그 소리를 들으며 눈을 감았다.

이자야는 해명 스님이 믿는 신인 부처님의 뜻을 이해해 보려 애썼다. 부처님은 지난 육 년 동안 온갖 위험으로부터 해명 스님을 지켜 주었다고 했다. 그런데 왜 이제 와서…….

"돌아가지도 못하고…… 부처님도 바보 같고 해명 스님도 바보 같아요. 이럴 줄 알았으면 공주님한테 말이라도 해 볼 걸 그랬잖아요."

이자야의 눈물방울이 파도에 떨어졌다.

저녁을 먹으며 이자야가 부모님에게 말했다.

"신라에 좀 다녀와야겠어요."

아버지는 그게 어디께 붙은 섬이던가 생각하는 눈치였다. 알다시피 그 바다엔 섬이 너무 많았다.

"뭐하려고?"

"어떤 이에게 구슬을 전해 주려고요."

"무슨 구슬?"

이자야는 얼굴을 붉혔다.

"실은 제가 만들어야 해요. 그러려면 신라에 가서 부처님을 만나야 하고요."

"어떤 이는 또 누구고?"

28

"신라에 사는 공주님이에요."

부모님은 얼굴을 마주 보며 고개를 끄덕였다.

"부처님이란 분도 거기 있고 구슬을 받을 사람도 거기 있으니 가긴 가야겠네. 조심히 다녀오너라."

이자야는 바수끼에게 가서 그동안 감사했으며 이제 떠나겠다고 말했다.

바수끼는 입을 떡 벌렸다.

"떠난다고? 어디로?"

"신라라는 나라에 좀 다녀오려고요. 당나라 동쪽 끝에 있대요."

"거기가 여기서 길이 얼만데? 가는 데만 바닷길로 족히 반년이다. 오고 싶다고 바로 돌아올 수 있는 것도 아니고 때를 기다려야 한단 말이다."

이자야는 아무 말도 하지 않았다.

"그럼 내 딸은 어떡하고? 너를 사위로 삼아 가업을 잇게 하려고 했는데."

큰맘 먹고 뱉은 말에 이자야가 놀라지도 기뻐하지도 않자 바수끼는 충격을 받았다. 마침내 이자야가 떠났다는 말을 전해 듣자 "젊은 것들이란!" 하고 뇌까릴 뿐이었다.

2

선객들은 끝없이 넘실대는 검푸른 바다에 금세 싫증을 냈
다. 폭풍이라도 왔으면 좋겠다고 지루해하다가 하루 종일
거칠게 몸을 뒤치는 파도에 시달리고 나면 차라리 심심한
게 낫다며 투덜댔다. 바닷새 한 마리라도 돛대에 내려앉으
면 뭍이 멀지 않았다고 손뼉을 치기도 했다. 하지만 이자야
는 바다와 하늘을 보며 갑판에서 시간을 보낼 때가 많았다.

선객들은 대부분 바다에 인이 박인 무역 상인들로 갑판
위에 올라오는 일이 없었다. 뱃길이 멀고 험할수록 더 큰 부
를 얻는 사람들이었다.

갑판 아래 짐칸은 온갖 진귀한 물건과 노예와 짐승들로
북적거렸다. 어느 날 저녁 식당에 삼삼오오 모여 주사위 놀
이를 하고 장기를 두던 사람들이 서로 자기가 싣고 가는 것
이 가장 가치 있다고 목소리를 높였다. 지루함을 달래는 데
엔 자랑질만 한 게 없다. 이자야는 구석 자리에 앉아 사람들
이 하는 이야기를 듣고 있었다.

"내 인도코끼리 상아만큼 위엄 있는 게 있을까?"

코끼리만큼이나 몸집이 육중해 보이는 상인이 턱수염을
쓰다듬으며 한껏 뻐겼다.

"허허, 귀한 걸 구하셨구려. 한밑천 쏟아부으셨겠소. 그래도 죽은 짐승의 뿔이 산 명마에 비하겠소? 항주에 닿으면 내명마들을 사겠다고 장안의 부자들이 끝없이 줄을 설 거라오."

"어쩐지 말똥 냄새가 진동한다 했더니 귀인 덕분이었군요. 먹어 대고 싸 대는 짐승은 여행길에 냄새나고 성가셔서, 원! 그에 비하면 내 용연향은 말 그대로 천상의 향기가 나니 부인네들에게 최고의 환영을 받지요. 여기 하나 들고 왔으니 구경이나 해 보시오. 이게 이래 뵈도 금덩이만큼 가치가 있다오."

"허허, 그래 봤자 고래 토사물 말린 거 아니오? 페르시아산 내 양탄자들을 귀인들에게 보여 드리고 싶군요. 우리 신라의 왕족들은 모두 내 양탄자가 도착하기만 목이 빠져라 기다리고 있다오. 혹시라도 명단에 자기 이름이 빠질까 봐 전전긍긍이랍니다."

오! 신라 사람도 있었구나. 이자야는 양탄자를 사 간다는 신라 상인을 눈여겨보았다. 얼굴도 몸도 둥글둥글한, 사람 좋게 생긴 나이 지긋한 남자였다.

'이 사람들은 정말 대단한 부자들인가 보구나.'

이자야는 가죽 바랑을 소중하게 들여다보았다. 그 안엔

구슬 만드는 데 쓰는 가위와 집게, 망치 따위가 천에 둘둘 감겨 들어 있었다. 좀 빌려 주시면 돌아와서 반드시 돌려 드리겠다고 이자야가 청하자 바수끼가 내준 것이다.

"돌려주지 않아도 된다. 그동안 네가 일한 대가로 주는 거다."

뜻밖의 말에 이자야는 기쁨에 넘쳐 절을 하고 또 했다.

"주인님이 오래 길들인 도구를 내주시다니……."

장인과 다른 도제들이 부러워했다. 이자야에게 술을 샀던 장인이 목소리를 낮추었다.

"자존심 때문에 붙잡진 못해도 돌아오길 바라시는 게지."

모두 고개를 주억거렸다. 이자야는 배를 탄 뒤로 바랑을 몸에서 떼어 놓은 적이 없었다. 이자야에겐 금은보화와도 바꿀 수 없는 소중한 것이었다.

상인들 중 누군가 귀한 술을 내놓아서 모두 손뼉을 치며 기뻐했다. 술을 못 마시는 이자야는 바람이나 쐬려고 갑판으로 올라갔다. 얼마 후 다시 선실로 내려온 이자야는 와자지껄한 식당을 돌아다니며 자기 말을 들어 줄 사람을 찾았다. 하지만 남루한 옷을 입은 이자야의 말에 누구 하나 귀기울이지 않았다. 이자야의 얼굴이 점점 어두워졌다. 그때 양탄자를 신고 간다던 신라 상인이 눈에 들어왔다. 이자야는 사람들을 헤치고 신라 상인에게 다가가 그의 옷소매를 잡아끌었다. 불콰하게 술이 오른 얼굴로 그 상인이 이자야를 돌아보았다. 이자야는 공방에서 일할 때 배운 서툰 당나라 말로 신라 상인과 대화를 나누었다. 상인의 당나라 말은 아주 능통했다.

"무슨 일이냐?"

"신라 분이시라고 들었어요. 저도 신라에 가는 길이거든요."

"그렇구나. 그런데?"

이자야는 신라 상인의 귀에 대고 무슨 말인가를 했다.

"그러니까 네 말은 오늘 밤 풍랑이 거셀 거라는 거냐? 뱃사람들은 아무 말도 없던걸. 우리가 장사의 달인이라면 그들은 항해의 달인이란다."

그 신라 상인은 다른 이들에 비해 마음이 좋은 사람이었다. 이자야의 말을 들어 주고 대꾸도 해 주었으니 말이다. 이자야는 다시 귓속말을 했다.

"네 말을 믿으라고? 너는 틀린 적이 없다고?"

이자야는 열심히 고개를 끄덕였다. 상인은 알았다며 선원에게 이자야의 말을 전하려고 비틀비틀 갑판으로 올라갔다. 이자야는 더 할 수 있는 게 없었으므로 잠자리에 들었다. 사실 이자야도 큰 풍랑이 오리란 것만 알았을 뿐 망망대해 배 위에서 만나는 풍랑이 어떤 것인지는 알지 못했다. 알았으면 그렇게 깊이 잠들지 못했을 것이다.

소란스러운 소리에 이자야는 잠에서 깼다. 갑판 위를 뛰어다니는 발소리와 사람들의 외침 소리가 들리고 선실도 좌우로 크게 흔들렸다. 이자야는 비틀대며 갑판으로 올라갔다.

거대한 배가 엄청난 폭우와 거센 파도에 가랑잎처럼 휘둘리고 있었다. 수놓은 비단옷을 입고 세상 두려울 것 없이 웃고 떠들던 사람들이 겁에 질려 우왕좌왕하고 있었다. 비바람이 몰아치고 파도가 덮쳐 갑판은 물바다였다. 선원들은 물을 퍼내느라 정신이 없었다.

이자야는 파도가 이렇게 화내는 걸 본 적이 없었다. 먼바다에서 일어나는 거친 파도는 수많은 섬에 가로막혀 이자야가 사는 얕은 바다까지 오지 못했기 때문이다.

품에 안겨 놀던 바다가 자신을 죽일 수도 있다는 걸 깨닫자 이자야는 처음 느끼는 커다란 두려움에 몸이 굳었다. 이자야는 두려움을 잊기 위해 선원들을 도와 열심히 물을 퍼냈다. 금세 온몸이 홀딱 젖었다. 누군가 이자야의 어깨를 쳐서 돌아보니 신라 상인이었다.

"정말로 네 말이 맞았구나! 내가 선원들에게 네 말을 전해 주어서 그나마 다행이다. 모두가 잠들었으면 더 피해가 클 뻔했어."

그때 선장의 고함 소리가 들려왔다.

"배가 기울었소! 이러다간 침몰할지도 모르오. 짐을 모두 바다에 던지겠소!"

상인들은 일제히 도리질을 치며 울부짖었다.

"그게 어떤 물건인데! 세상에 둘도 없는 귀하디귀한 거란 말이오!"

"내 전 재산을 들인 거요! 그걸 버리면 난 쫄딱 망하고 만 다고!"

"먼저 살고 봐야지 않겠소?"

선장은 깊게 주름이 팬 얼굴로 위엄 있게 말했다. 백전노장인 선장의 단호함에 상인들은 주저앉아 울음을 터뜨렸다.

"아이고! 아이고! 나는 이제 망했네!"

눈물과 콧물과 침이 범벅이 되어 우는 사람, 지난밤 먹은 걸 토하는 사람, 짐을 부여잡고 놓지 않는 사람으로 갑판은 아수라장이 따로 없었다. 도자기와 비단과 약재와 향료와 양탄자와 상아들이 풍덩풍덩 바다로 던져졌다. 이자야는 앞쪽으로 멘 바랑을 꼭 끌어안았다.

선장과 선원들은 구명정을 내렸다. 그리고 사람들에게 뛰어내리라고 소리쳤다.

이자야는 산처럼 솟구치는 파도와 모든 걸 집어삼킬 듯 거칠게 포효하는 검은 바다가 너무나 두려웠다. 겨우 용기를 내어 뛰어든 물속은 차디차고 캄캄했다. 물 위로 솟구쳐 오르니 여기저기 소리치며 서로를 부르는 소리가 들려왔다. 구명정에 먼저 탄 사람들이 큰 소리로 위치를 알리고 있었다. 이자야는 파도에 맞서거나 휩쓸리며 그 소리를 향해 헤엄쳐 갔다. 무섭고 긴 밤이었다.

눈을 뜨니 파란 하늘에 샛노란 해가 이글거렸다. 고개를 돌리니 좁은 뱃전에 기대앉은 사람들이 보였다. 으르렁대며 배를 위협하는 파도 속에 흠뻑 젖은 서로의 몸을 끌어안고 용기를 주려 애쓰던, 영원처럼 길게 느껴지던 지난밤이 떠올랐다. 폭우가 잦아질 때쯤 지쳐 저도 모르게 잠에 빠져든 모양이었다. 바다는 언제 그랬냐는 듯 잠잠했다.

"해류를 따라가다 보면 멀지 않아 육지가 나올 거요. 이 바다를 자주 다녔으니 내 말을 믿어요."

명마를 싣고 간다던 당나라 귀족이었다.

"그건 나도 잘 아오. 하지만 그때까지 우리가 마실 물 없이 버틸 수 있냐가 문제 아니겠소?"

그렇게 말한 사람은 신라 상인이었다.

이자야가 그 신라 상인에게 작은 목소리로 말했다.

"제가 빗물을 좀 받아 두었어요."

신라 상인이 이자야를 돌아보았다.

"어디다 물을 받았단 말인가?"

"제 바랑에요."

상인은 이자야가 벌려 보이는 가죽 바랑 안을 들여다보았다. 이자야는 공구를 싼 천을 풀어 물기를 좀 짠 다음 상인에게 내밀었다.

"목이 마르실 때마다 입술을 축이세요. 물을 아껴야 하니까요."

"이럴 땐 자네의 낡은 바랑이 금은보화보다 요긴하구먼. 이것들은 다 무언가? 그러고 보니 통성명도 안 했네그려."

"유리를 만들 때 필요한 도구예요. 저는 유리구슬을 만드는 장인이고 이름은 이자야라고 해요."

그는 큰 상단을 이끄는 상인이며 신라에서 가장 큰 시장인 동시의 감독관직인 총감을 맡은 김덕술이라고 자기를 소개했다.

"자넨 바다 뱃길이 처음인가?"

이자야는 말없이 고개를 끄덕였다.

"아직 어린데 많이 놀랐겠군."

"어제 같은 일을 겪고서도 어떻게 또 배를 탈 수 있으세
요?"

이자야가 작은 목소리로 물었다. 김덕술이 웃었다.

"이런 일을 한 번 겪으면 바다가 지긋지긋해지고, 내가 이
번에 살아나기만 하면 다시는 바다를 쳐다도 안 볼 거라고
결심하지. 하지만 사람은 망각의 동물이라 또 슬금슬금 배를
탈 궁리를 하게 된다네. 바다는 가끔 우리를 집어삼키지만
다시없는 기쁨도 준다네."

이자야의 얼굴이 조금 밝아졌다. 바다가 주는 기쁨에 대
해서라면 이자야도 잘 알았다. 바다를 다 안다고 생각했지
만 실은 그게 아니란 걸 먼바다로 나와서야 깨달았다.

"그래, 자네는 신라에 왜 가는가?"

"설명드리기가 어려워요. 저도 제 마음을 다 알지는 못하
니까요. 이유가 한 가지도 아니고…… 다만 신라에 가야 한
다는 마음이 들었어요."

"장인들이란 좀 괴짜 같은 구석이 있기 마련이지. 마음이
이끄는 대로 해야지."

왠지 자신의 이야기를 이해해 줄 것 같아서 이자야는 해
명 스님 이야기를 김덕술에게 들려주었다. 김덕술은 놀라고

안타까워했다.

"우리 공주님은 그런 고결한 사랑을 받기에 충분히 아름다우시지."

"공주님을 잘 아시나요?"

"알다마다. 신라의 왕족들은 다 친척 관계라네, 허허."

두 사람은 망망대해에 떠서 구조를 기다리는 신세를 잊으려는 듯 한가롭게 이야기를 주고받았다.

"궁에 드나들 일이 많아 공주님이 어리실 땐 자주 뵈었지. 얼마나 사랑스럽고 어여쁘셨는지! 신라의 왕족답게 말타기와 활쏘기를 아주 좋아하셨지. 가배 때는 공주님이 나오셔서 포상을 하시는데 공주님을 보려고 백성들이 구름처럼 몰려들었다네."

김덕술의 눈이 아득해지는 것이 마음은 이미 신라의 하늘 아래 있는 듯했다.

"한데 자라서는 사람들 앞에 모습을 감추고 나타나지 않으신다네. 나도 못 뵌 지 두 해가 넘어가네."

이자야는 의아했다. 신라의 왕족이라면서 왜 이런 험난한 뱃길을 자청해서 다니는 걸까?

"신라의 왕족은 자리에 가만히 앉아 있는 사람이 아니라네. 전쟁이 나면 앞장서 군대를 이끌고, 영토 끝까지 순행을 다닌다네."

김덕술은 제 말이 스스로 낯간지러운지 껄껄 웃었다.

"그건 왕과 장군들 이야기고, 나야 몇 달만 서라벌에 붙어 있어도 지루해 죽을 지경이니 어쩌겠나. 배를 탈 수밖에. 잔소리 많은 우리 마나님이 바다까지 쫓아오진 못하니 금상첨화고. 이제 마나님에게 개가할 기회까지 드렸으니 이런 게 공덕을 쌓는 거지 뭔가."

둘은 붙어 앉아 이런저런 이야기를 나누며 힘든 시간을 견뎠다. 이런 형편에도 웃음을 잃지 않는 김덕술이 아니었다면 이자야는 더 견디기 힘들었을 것이다.

이틀째 되는 날, 지긋지긋한 해가 수평선에 벌건 몸뚱이를 담그기 시작할 때였다. 배 한구석에서 외침이 터져 나왔다.

"배다! 배가 다가온다!"

멀리 큰 배가 다가오는 게 보였다. 다 죽어 가던 사람들은 벌떡 일어나 온 힘을 다해 목청이 터져라 살려 달라고 외쳤다.

하지만 기쁨도 잠시였다.

그들을 구해 준 배는 해적선이었던 것이다.

해적들은 사람들을 갑판에 세워 놓고 꼼꼼히 살폈다. 튼튼한 사내들은 노예 시장에 내다 팔고 나머지는 자기들이 부려 먹으려고 해적 섬으로 데려갔다. 해적 섬으로 끌려간 사람들 중엔 이자야와 김덕술도 포함되어 있었다. 그들은 팔려 간 사람들을 부러워했다. 좋은 주인을 만날 희망이라도 있지 않은가. 잘하면 본국으로 돌아갈 기회를 얻을지도 모른다. 해적 섬으로 끌려온 사람들에겐 끔찍한 노동과 채찍질 말고는 선택의 여지가 없었다.

김덕술의 무른 몸뚱이와 넉살은 해적 섬에선 별 쓸모가 없었다. 왕족이자 엄청난 부자였던 김덕술은 이제 굶주림과 거친 노동에 시달리다 죽어 갈 처지였다.

몸이 튼튼한 이자야는, 해적질에 나설 때마다 허드렛일꾼으로 데리고 다녔다. 해적들은 얼마 안 가 이자야가 다른 데 쓸모 있다는 걸 알게 되었다. 하늘과 바다의 변화를 귀신같이 알아채니 이보다 항해에 요긴하기도 어려울 터였다.

이자야는 해적들이 배 갑판에다 노획물을 부려 놓고 기록을 해 보려고 작대기니 조개껍데기 따위로 씨름하는 걸 보았다. 모두 까막눈이라 목간으로 된 물품 꼬리표들은 무용지물이었다. 어느 날 이자야는 해적들이 뭔가를 바다에 던져 버리려는 걸 보았다.

"안 돼요!"

이자야가 소리치며 해적을 말렸다. 배가 가라앉던 날 선실에서 그걸 본 기억이 났던 것이다.

"이건 용연향이라고 금만큼 가치가 있는 거라고 그랬어요."

해적들은 눈이 휘둥그레졌다.

"이게 금덩어리만큼 가치가 있다고? 이 말린 소똥 같은 게?"

"그렇다니까요."

"어떤 놈이 그랬어?"

해적이 으르렁대며 물었다. 이자야는 김덕술의 이름을 말해 주었다.

"그분은 교역하는 물건에 대해 모르는 게 없어요. 당나라 글자도 다 읽으실 줄 알고요."

"일단 이거부터 암시장 가서 팔아 보고. 너 거짓말이면 죽는다!"

이렇게 해서 김덕술은 이자야와 함께 해적을 따라다니며 목숨을 보전하게 되었다.

잠 못 드는 밤도 있었다. 해적 섬의 굴집이나 배 밑바닥 더러운 잠자리에 누워 이자야는 고향 섬의 새파란 바다를 그리워했다. 다녀오겠다며 떠난 아들을 기다리고 있을 부모님을 생각하며 눈물지었다.

그런 밤마다 김덕술은 손자를 재우는 할아버지처럼 이
자야에게 이야기를 들려주었다. 김덕술이 속속들이 아는 나
라, 해명 스님이 돌아가지 못한 신라에 대한 이야기였다. 이
자야는 언덕 위 왕궁이 얼마나 화려한지, 아름다운 공주님
은 어떻게 생겼는지 본 적 없이도 훤히 알게 되었다. 어딘가
에서 마주친다면 한눈에 알아볼 듯했다.

해적들의 노예로 지낸 지 삼 년하고 두 달째 되던 어느
날, 해적선은 동풍을 타고 날듯이 가던 한 상선을 상어처럼
콱 덮쳤다.

하지만 그날은 해적들의 운이 다한 날이었다. 해적들이
덮친 배에는 당나라의 토벌대가 타고 있었던 것이다.

이자야와 김덕술은 갑판 아래 냄새나는 선실 부엌에서 저
녁 준비를 하고 있었다. 위에서는 획획 화살이 날아다니는
소리, 챙챙 칼과 칼이 부딪치는 소리가 났다.

"오늘은 꽤 오래가는데요."

이자야가 고기 힘줄과 씨름하며 무심히 중얼거렸다.

"그러게. 그냥 칼등으로 두들기게. 신발 가죽을 삶아 줘도
거뜬히 씹어 삼킬 인간들 아닌가."

김덕술이 합죽한 입으로 대꾸하며 간이 맞나 보라고 죽을

뜬 나무 국자를 건넸다. 김덕술의 이는 지난 삼 년 동안 몇 개 안 남고 다 빠져 버렸다. 부드러운 음식만 씹던 이가 거친 음식에 배겨 나질 못했던 것이다.

"간이 딱 맞네요. 그래도 혹시 모르니 물 좀 더 탈까요? 오늘은 몇이나 잡아 오려나?"

그 순간 벌컥! 선실 문이 열리며 해적 서넛이 쏟아져 내렸다.

"아이고머니나! 이게 뭔 일이래?"

김덕술이 국자를 손에 든 채 할망구처럼 비명을 질렀다.

산 채로 붙들린 해적들은 모두 갑판에 무릎 꿇려 즉석 재판을 받았다. 사실 재판이란 말이 무색하게 판결 족족 해적들은 뱃전 너머 바다로 던져졌다. 해적의 씨를 말리겠다는 단호함의 표현이었다. 당나라 말이 유창한 김덕술이었지만 아무 소용이 없었다. 입에 재갈을 물려 놓았기 때문이다. 재판에 해적들의 자기변호는 허용되지 않았다.

마침내 김덕술 차례가 와서 사지가 번쩍 들려 바다에 던져지려는 순간이었다. 김덕술이 틀어막힌 입으로 외마디 소리를 지르며 묶인 두 손을 번쩍 들어 올렸다. 그 손에는 나무토막처럼 보이는 게 들려 있었다.

목간이었다. 어른 손가락 두 마디만 한 목간에는 김덕술의 신분 표시가 되어 있었다. 그걸 알아본 토벌대 대장이 손을 들어 김덕술의 집행을 중지시켰다.

"이게 나무토막이라 얼마나 다행이에요?"

그날 저녁 당나라 배의 화려한 선실에서 이자야가 목간을 두 손에 꼭 쥐고 김덕술에게 말했다.

"금이나 은으로 되어 있었다면 진작에 빼앗겼지 않겠어요?"

말끔히 씻고 비단옷을 입은 김덕술은 구리거울을 들여다보며 비명을 질러 댔다. 해적에게 붙들렸을 때보다 더 가련하게 들렸다.

"아이구……! 이 쪼글쪼글한 입술 좀 봐. 아무래도 마나님께 문전박대를 당하고 말 게야……."

어긋날 뻔했던 이자야의 여정이 제자리를 찾아 뱃머리를 크게 돌리는 소리가 어둠속에 울려왔다.

3

"소식 들었어요?"

서라벌 귀족 사회는 봄날의 벌집처럼 즐겁게 끓어올랐다.

바다에서 죽은 줄 알았던 동시 총감 김덕술이 삼 년여 만에 살아 돌아왔다. 그 사실만도 놀라운데, 출신이 베일에 싸인 한 외국인 청년을 데리고 왔단다. 청년은 김덕술의 생명의 은인이라고도 하고, 오래전 먼 서쪽 나라 왕녀와 사랑에 빠져 낳은 아들이라고도 했다.

"본부인인 이화 부인 소생보다 더 애지중지한다면서요?"

"북천에 사방문 달린 집을 내줬대요."

"콧대 높던 이화 부인이 화병으로 그만 몸져누웠다잖아요."

"어머, 어머, 어머."

서라벌 사람이라면 사족을 못 쓰는 세 가지가 있었다. 수입품. 귀공자. 비밀스러운 사랑. 그 세 가지가 한 몸에 있으니 그 낯선 청년에 대한 호기심이 불처럼 일어나는 건 당연했다.

놀랄 일은 거기서 끝나지 않았다.

그 청년이 동시의 가장자리에 유리 공방을 낸 것이다. 정확히 말하면 김덕술이 차려 준 것이지만.

유리 공방이라니! 그때까지 유리 장인이 없던 신라에서는 그릇이든 술잔이든 장신구든 유리로 만든 거라면 금세공품과 맞먹는 가치를 지녔다. 왕족과 부유한 귀족이 아니면

꿈도 못 꿀 사치품이었다.

서라벌 사람들은 그 귀공자가 궁금해 죽을 지경이었다. 하지만 그의 얼굴을 볼 기회가 좀처럼 생기지 않았다. 무언가를 실은 수레들이 하루가 멀다 하고 가게 안으로 들어갔다 나오는데, 안에서 나오는 사람은 없었다. 점점 더 소문만 무성해졌다. 먼 나라에서 온 그 젊은 장인의 솜씨가 기기묘묘해서 세상에서 가장 아름다운 구슬을 빚는다는 소문이었다. 그 소문의 꼬리를 잡아당기면 그 끝을 김덕술이 잡고 있음은 말할 것도 없었다.

궁 밖 출입을 하는 시녀들이 저잣거리의 소문을 물어들이면 궁 안의 낮고 높은 여인들 입에서 입을 거쳐 왕의 귀에까지 가닿는 데 얼마나 걸리는지 김덕술만큼 잘 아는 사람도 많지 않으리라.

그리하여 어느 화사한 봄날 김덕술과 이자야가 탄 우차는 월성의 남문을 향했다.

"그동안 곰처럼 박혀 있느라 힘들었지? 사람들의 호기심을 불러일으키자니 별수 없었다네."

이자야의 옷매무새를 꼼꼼히 살피면서 김덕술이 말했다.

"힘들긴요. 아저씨가 그러라고 안 했어도 전 박혀 있었을 걸요. 구슬을 만들 수 있게 된 것만으로도 하루하루가 꿈만 같아요. 그런데 이 신발 좀 벗으면 안 될까요? 태어나서 처음 신어 보는 거라 답답해 죽겠어요."

"어허, 말도 안 되는 소리. 그리고 궁에선 나를 아저씨라 부르면 안 되네. 아예 입을 다물고 있게. 말은 내가 할 테니."

김덕술은 창에 드리운 비단발을 젖혔다.

"어허, 날씨 한번 좋다! 구슬도 좋지만 이런 봄날엔 나가 놀아야지. 자넨 이미 삼 년이나 청춘을 썩혔다는 걸 잊지 말게나."

김덕술은 다리 건너 활터에서 마상 활쏘기 시합을 벌이는 젊은이 한 무리를 가리켰다.

"곱다, 고와! 저게 젊음이지. 암, 그렇고말고!"

이자야도 호기심 어린 눈으로 김덕술이 가리킨 곳을 바라보았다. 오색 비단옷을 맵시 있게 입고 머리띠에 깃털을 꽂은 젊은 남자들이 말을 달리며 화살을 날렸다. 과녁을 맞히면 둘러싼 여인들이 한목소리로 노래를 부르며 흥을 돋우었다. 젊은 남자들은 모두 얼굴에 검은 먹으로 문신을 하고 있었다. 뱃사람이나 해적들이 문신을 한 건 많이 보았지만 화려한 옷차림의 젊은 사내들이 그러는 건 처음 보았다.

"전쟁이 나면 맨 앞장서는 게 귀족 자제들일세. 뱃사람이나 전사나 강해 보여야 하지 않겠나. 왜국에서 건너온 유행이라네. 진짜 문신은 아니고 화장 먹으로 그린 것이지만 말이야."

김덕술이 문신에 대해 설명해 주었다. 무리 중에 호리호리한 몸집에 검은 무명옷을 입은 사내가 있었는데 쏘는 족족 과녁을 꿰뚫는 활 솜씨 덕에 눈에 띄었다.

"남자들이 곱네요. 차림새도 화려하고."

이자야는 보고 듣는 모든 게 새롭기만 했다.

"원래 새도 수컷이 더 고운 법일세."

김덕술은 합죽한 입술로 빙그레 웃었다.

"나도 한때는 삼국에 이름이 자자한 미남이었네. 어허, 웃지 말게. 꽃은 열흘을 붉지 못하니 이 늙은이의 말을 귀담아 듣게나. 왕이 시키는 대로 하게. 부와 명성이 따를 걸세. 곧 온 서라벌에 자네 이름이 알려질 것이야."

김덕술은 오백 년 된 배롱나무에 진홍빛 떨기 꽃들이 흐드러진 걸 보고 함박웃음을 지었다.

"늙은 이 몸도 즐겨야지. 오늘 밤엔 남천에 배 띄우고 달 구경 하며 진탕 마셔 보세나."

왕이 이자야를 친견하는 북당에는 자색, 청색 비단 관복을 갖춰 입은 고관대작들이 즐비했다. 그들은 이자야의 가무잡잡한 피부 빛깔과 쑥 들어간 눈을 신기하게 바라보았다. 이자야는 옷도 사람들의 눈길도 불편했지만 김덕술이 시킨 대로 의젓하게 행동하려고 애썼다.

김덕술과 이자야가 대청마루에서 머리를 조아리자 왕이 목청을 가다듬었다.

"내, 이야기는 많이 들었다. 듣자 하니 구슬을 만드는 장인이라고?"

김덕술이 대신 대답했다.

"그렇습니다, 대왕마마. 본다 이름을 밝힐 수 없는 어느 나라의 넷째 왕자님인데 신묘한 재주를 타고나셔서 장인의 길로 들어섰습니다. 그 나라에선 신분이 낮으면 장인이 될 수 없다 하옵니다. 당나라 황궁에 초대되어 뱃길에 오르셨는데 우연히 한배를 타게 되어 말도 못 할 고초를 함께 겪었사옵니다. 정이 돈독해진 저의 간청을 차마 물리치지 못하고 이렇게 신라에 오게 된 것입니다."

"오오, 그렇구나. 신라에 오래오래 머물렀으면 좋겠구나."

왕은 입이 귀에 걸려서는 얼른 본론으로 들어갔다.

"금지옥엽으로 키운 공주가 오는 가배를 치르고 나면 바다 건너 형제 나라 왜국 왕자와 혼인을 하게 된다. 공주의 혼인 선물로 세상에서 가장 아름다운 구슬 목걸이를 주고 싶구나. 구슬을 완성하면 우물 있는 큰 집과 우차와 종 서른과 곡식 백 수레를 주마."

신하들 사이에서 웅성거림이 일었다. 왕이 내리는 치사도 치사려니와 왕녀가 걸친 거라면 무엇이든 따라 해야 직성이 풀리는 귀부인들이 앞으로 공방 문턱을 닳도록 드나들 터였다.

"그렇게 많은 걸 가지고 고향에 돌아가긴 어려워요. 집을 지고 갈 수도 없고, 종 서른은 또 어디서 재우고 먹인단 말이에요?"

이자야가, 삐져나오는 웃음을 꾹 참고 있는 김덕술의 옆구리를 꾹 찌르며 귓속말을 했다. 김덕술은 할 수 없이 왕을 향해 마음에 없는 소리를 했다.

"공자는 분에 넘치는 사례를 원치 않는다 하옵니다. 구슬 만드는 데 필요한 것들이 아쉽지 않도록만 해 주십시오."

"이를 말이냐?"

왕이 큰 소리로 말했다.

"내가 믿을 만한 자를 보내마. 필요한 건 뭐든 그에게 말하거라. 최고의 것으로만 보내 주겠다. 아무 걱정 말고 구슬 만드는 일에만 전심을 다하여라."

북당에서 물러나 월성 연못가를 걸어 나오는 이자야 곁으로 궁녀들이 꽃잎 같은 비단 치마를 사르락거리며 스쳐 갔다. 이자야는 눈을 가늘게 뜨고 살폈다. 혹시 그 속에 공주가 있나 해서였다.

"아저씨께 얘기로만 듣던 월성을 직접 눈으로 보니 제가 이야기 속 주인공이 된 듯한 기분이 들어요. 아저씨 말씀대로 궁이 너무나 아름다워요. 여기 어딘가 공주님이 계시겠죠?"

이자야의 말에 김덕술이 개운치 못한 표정을 지었다.

"공주님은 정말로 통 뵈질 못하겠군. 이러니 소문만 무성하다네. 불치의 병에 걸려 궁 깊숙이 누워 있다고도 하고 도깨비에 홀렸다고도 하고……."

'해명 스님의 꿈을 담은 구슬을 만들어서 공주님께 드리려 했는데 그게 공주님의 혼인 선물이 되다니. 게다가 가배 전까지 만들어야 한다니…….'

이자야는 마음이 무거웠다. 하지만 진짜 걱정은 다른 데 있었다.

'내가 정말로 해명 스님의 꿈을 구슬로 빚을 수 있을까?'

모든 게 막막하기만 했다. 이자야는 한숨을 쉬었다.

'구슬은 작고 가벼운 거야. 이렇게 천 근의 무게로 마음을 짓눌러서는 안 돼.'

문 두드리는 소리가 들려 나가 보니 젊은 남자가 시종들을 데리고 서 있었다. 그 뒤로는 동해의 고운 모래를 실은 수레와 유리 가마를 지을 일꾼들이 늘어섰다.

"궁에서 나왔습니다. 제가 곁에서 도울 테니 필요한 게 있으면 뭐든 이르십시오."

말은 공손하게 했지만 젊은이의 태도는 오만했다. 그러고 보니 어디서 본 기억이 났다. 궁에 가던 날, 활터에서 마상 활쏘기 시합을 하던 무리 중의 하나였다. 얼굴에 검은 문신을 하고 있어 바로 알았다. 이렇게 코앞에서 보니 문신에 가려졌다곤 하나 이목구비가 반듯하고 아름다운 얼굴이었다.

"내 얼굴에 뭐라도 묻었나요? 왜 그리 빤히 보시오?"

눈썹을 살짝 찡그리며 젊은 궁인이 물었다. 이자야는 정신을 차리고 고개를 저었다.

"생각했던 것보다 훨씬 젊은데…… 최고의 장인이라니."

궁인이 이자야를 미심쩍은 눈으로 훑어보며 말했다. 이자야는 김덕술의 거짓말을 떠올리며 저도 모르게 얼굴을 붉혔다.

"아무튼 곁에서 도울 테니 필요한 게 있으면 이르십시오."

궁인은 의자에 털썩 앉더니 바쁘게 오가는 일꾼들을 무심히 바라보았다.

"아, 그래요? 듣던 중 반가운 소리네요!"

이자야가 반색을 하며 손이라도 잡을 듯 다가들었다.

"구슬 만드는 일엔 반드시 조수가 필요하거든요. 도와주시겠다면 기꺼이 손을 빌리겠습니다!"

젊은 궁인은 당황한 표정이 역력했다. 그저 오가며 필요한 것 챙겨 주고 일꾼들 감독이나 하면 될 줄 알았지 그런 일까지 할 줄은 생각도 못 했던 듯했다. 궁인은 마지못해 고개를 끄덕였다.

"유연이라고 합니다."

"나는…… 음, 그냥 이랑이라고 부르세요. 덕술 아저, 아니 김덕술 총감님도 그렇게 부르니까요."

"그래, 무슨 일부터 할까요?"

이자야는 자기가 그랬듯 유연에게 불을 보는 법부터 가르쳤다. 안 그래도 진척이 없던 작업은 유연을 가르치느라 아예 손을 놓다시피 했지만, 말귀를 잘 알아듣는 편이라 그나마 다행이었다.

이자야는 정말로 조수가 필요했기 때문에 열심히 가르쳤고, 옆에 붙어 서서 깐깐하게 잔소리까지 해 댔다.

"제대로 일이 몸에 배려면 시간을 충분히 들여야 하니 아침 일찍 와서 저녁 늦게까지 있어 주셨으면 좋겠어요."

"뭐요? 나더러 이 컴컴하고 답답한 곳에 하루 종일 박혀 있으라고요?"

유연은 콧방귀를 뀌며 들은 척도 않더니 다음 날 아침 일찍 나타났다.

"오, 정말 일찍 오셨네요?"

"흥, 하루라도 빨리 당신이 구슬을 만들어야 내가 여기서 해방될 게 아니에요."

이자야는 빙긋 미소를 지었다.

처음 씨앗 구슬을 만든 날, 늘어서서 구경하던 일꾼들이 마술이라도 보는 것처럼 손뼉을 쳤다. 잔뜩 집중해서 보던 유연도 탄성을 터뜨렸다. 이자야는 저도 모르게 입 끝이 올라가며 얼굴을 붉혔다. 바수끼의 공방에서 처음 구슬을 만들던 날의 기쁨이 이자야의 마음속에서 새롭게 솟구쳤다.

하지만 아직 갈 길이 멀었다. 이자야는 본격적으로 작업에 몰두했다. 일꾼들의 수레도 바쁘게 문을 넘나들었다.

"우리 왕께서는 최고가 아니면 만족하지 못하는 분이시죠."

어느 날, 제법 능숙하게 화로에 불을 지피면서 유연이 툭, 말했다.

"왕에 대해 잘 아시나 보군요."

"그렇지요. 궁에 사니까요."

"……공주님은 어떤 분인가요?"

이자야를 돌아보는 유연의 눈빛에 냉소가 어렸다.

"공주님이 왕의 보물 창고에 고이 모셔져 있다고들 하지 않던가요? 왕께선 자신이 가진 아름다운 보물 중에 그녀를 최고로 치지요."

"……슬픈 이야기네요."

"공주님은 세상이 소리 높여 칭송하는 자신의 아름다움에 갇혀 있고, 아버지의 사랑에 갇혀 있으니 그 겹겹의 벽이 두꺼워 나오질 못하지요."

말을 뱉은 사람도 들은 사람도 한참 동안 말이 없었다. 이자야의 눈가에 눈물이 맺힌 것을 보고 유연이 놀라 왜 그러느냐고 물었다.

"아무것도 아니에요. 오래전 죽은 사람이 생각나서요."

이자야는 그날 밤 오래 잠들지 못했다. 다음 날 유연이 공방의 문을 두드리니 간편한 옷을 입은 이자야가 밖으로 나왔다.

"어딜 가면 부처님을 뵐 수 있을까요?"

"부처님……이오? 절에 가면 계시겠지요."

"길 안내 좀 해 주세요."

"이젠 조수 노릇도 모자라 길잡이 노릇까지 시키는 건가요?"

유연은 툴툴대면서도 시종에게 말을 가져오게 했다.

둘은 양옆으로 드넓은 풀밭이 넘실거리는 길을 달렸다.

"저건 목숙이오. 우리나라에서 말먹이로 쓰이는 풀이지요. 옛날 옛적에 먼 서역에서 들어온 풀이라고 들었어요. 신라 말이 용맹하고 튼튼한 건 다 저 풀 때문이지요."

푸르게 넘실대는 풀밭에 초여름 볕이 흥건하고 멀리 보이는 신라의 산들은 모난 데 없이 둥글었다.

절에 도착하자 유연은 이자야를 대웅전으로 이끌었다. 금을 입힌 불상이 이자야를 굽어보았다. 그토록 크고 빛나는데도 조금도 무섭거나 위협적이지 않았다. 고귀하면서도 친근했다.

'뵙고 싶었답니다, 부처님. 이렇게 먼 길이 될 줄은 몰랐지만요. 구슬을 처음 본 날 부모님이 계신 집을 떠나게 되었고, 해명 스님을 만나 한 번도 꿈꿔 본 적 없는 다른 세상으로 오게 되었네요.'

부처님이 은은한 미소를 띠고 이자야를 보았다.

'만남이란 그런 것이다. 왕자였던 내가 성 밖으로 나와 가난하고 병든 사람들을 만났을 때 나의 길도 시작되었단다. 하지만 이자야, 어떤 이들은 자기가 만난 것을 보지 못하고 살아간단다.'

부처님 앞에서 물러나면서 이자야는 되뇌었다.

만남이란 그런 것이다. 하지만 어떤 사람들은 자기가 만난 것을 보지 못한다.

이자야는 불쏘시개를 던지더니 한숨을 푹 쉬었다.

"유리 빛깔은 화력이 좌우하는데…… 이대로는 안 돼요."

유연이 곰곰 생각하더니 말했다.

"진짜 좋은 참나무로 숯을 만드는 숯장이를 알고 있어요. 숲 깊숙이 박혀 사니 같이 가 봅시다."

"수…… 숲이요?"

이자야가 숲을 두려워한다는 걸 알고 유연은 깔깔 웃으며 놀려 댔다.

"이런 겁쟁이! 숲이 두려워 못 들어간다는 게 말이 돼요?"

이자야는 볼멘소리를 했다.

"누구나 두려워하는 게 있잖아요? 그러는 유연랑은 뭐 무서워하는 게 하나도 없나요?"

이자야는 놀려 대는 등쌀에 못 이겨 결국 유연을 따라나섰다.

울창한 나무들이 뿜는 기운이 가슴을 트이게 했다. 이자야의 고향 숲과 달리 서라벌의 숲이 뿜는 정기는 깊고도 맑았다. 유연은 좀 쉬었다 가자더니 다람쥐처럼 날렵하게 나무에 기어올라 열매를 따기 시작했다.

"먹어 봐요."

유연이 내미는 과일을 이자야는 한입 베어 물었다. 즙이 많고 달았다.

"맛이 어떤가요?"

유연이 입가에 미소를 머금고 물었다.

"정말 맛있어요!"

이자야가 진심으로 말했다.

"고향에 있을 땐 숲에 들어가 직접 열매를 따 보지 못했는데…… 유연랑 말대로 너무 겁쟁이였나 싶어요."

"놀려서 미안해요. 이랑은 겁쟁이가 아니에요."

유연이 다 먹은 열매 씨를 힘껏 멀리 던지더니 툭, 말했다.

"나야말로 겁쟁이에요."

다시 날이 흘렀고 이번에도 유연이 이자야를 꼬드겼다.

"투명한 유리를 만들려면 좋은 바닷모래나 강돌이 필요

하다지 않았어요? 북천 여울목에 가면 반질반질 곱게 닳은 강돌이 지천으로 널렸어요."

"무더위에 발 담그고 싶어 그러는 거잖아요."

유연은 아니라는 말 대신 싱긋 웃었다. 이자야는 못 이기는 척 따라나섰다. 강돌을 열심히 줍던 유연이 가죽신을 훌렁 벗어 던지고는 나무 그늘 아래 앉아 물에 발을 담갔다.

"어, 시원하다! 이랑도 어서 이리 와요. 물에 발 담그고 열 좀 식히란 말이에요."

유연이 웃으며 소리쳤다. 이제 유연은 잘 웃었다.

머뭇머뭇 다가가자 유연이 장난기 가득한 눈으로 이자야를 올려다보았다.

"신발을 불편해하잖아요? 그래서 일부러 데려왔건만 왜 그러고 있어요."

"그, 그게 무슨 말이에요?"

"어떤 사람이 정말로 부유하게 자랐는지, 아님 사철 맨발로 깨벗고 자랐는지 내가 모를 줄 알았어요?"

이자야의 얼굴이 확 붉어졌다. 벌 받는 애처럼 고개를 숙이고 있던 이자야가 물었다.

"왜 왕께 이르지 않는 거지요? ……모두를 속였는데."

"뭐하러요?"

유연이 대꾸했다.

"나도 보이는 그대로의 사람은 아닌걸요."

둘은 말없이 흐르는 물에 발을 담그고 있었다. 유연의 흰 발과 이자야의 까만 맨발이 대조를 이루었다.

"그건 저도 이미 알고 있었어요."

유연이 이자야를 흘낏 보았다.

"내가 보이는 그대로의 사람이 아니란 걸 알았다고요? 그래, 눈 밝은 이랑. 말해 봐요. 진짜 나는 어떤 사람인가요?"

이자야가 조용히 대답했다.

"차가운 벽에 갇혀 외롭고 슬픈 사람이요."

이자야를 보는 유연의 눈자위가 서서히 붉어졌다.

여름이 지나는 동안 이자야는 신라의 산천이 눈에 익었다. 삼을 찌는 삼굿에서 연기 오르는 걸 지켜보고 섰다가 구운 마를 얻어먹기도 하고 소싸움 구경도 했다. 왕과 기약한 날인 가뱃날이 성큼 다가왔다. 여전히 이자야는 구슬을 만들지 못하고 있었다.

"바다 보고 싶지 않아요?"

유연이 불쑥 물었다.

"바다를 늘 보며 자랐다지 않았어요? 우리 신라의 바다도 무척 아름다워요. 바다 보러 갑시다."

이자야와 유연은 동해를 향해 말을 달렸다. 유연은 둘의 저녁 끼니로 활을 쏘아 멧돼지를 잡았다. 손칼로 짐승의 껍질을 벗기고 고기를 척척 자르고 손질하는 품이 능숙했다. 손질한 고기를 말 궁둥이에 매달고 내처 달려 바닷가에 이르렀다. 이미 어둑해져 물빛도 하늘빛도 짙푸르게 물들었지만 철썩철썩 파도 소리가 시원했다. 꽉 막혔던 이자야의 가슴이 뻥 뚫리는 듯했다.

바닷가 관목 숲에서 주워 온 잔가지로 불을 피워 고기를 구웠다. 배가 불러 오자 유연은 해변에 사슴 가죽을 펼치고는 벌렁 드러누워 밤하늘을 올려다보았다. 이자야도 나란히 누웠다. 그믐밤이라 별이 흐드러지게 많았다.

"고향 바닷가에서 바라보는 별들도 정말 아름다웠는데⋯⋯."

이자야가 중얼거렸다. 유연이 낮은 목소리로 물었다.

"고향을 떠나올 때 두렵지 않았나요?"

이자야가 몸을 일으켜 앉았다.

"낯선 왜국으로 떠날 생각을 하니 두려우신가요? 실은 가고 싶지 않은 거지요?"

유연도 몸을 일으켰다.

"무슨 말을 하는지 모르겠군요."

"언제까지 진짜 자기 모습을 감추고 진짜 자기 마음도 감추고 살아갈 건가요?"

유연은 아무 말도 하지 않았다.

"두렵지 않았냐고요? 두렵긴 했지만 용기를 냈지요. 제가 만난 한 스님도 그랬을 거예요."

이자야는 유연에게 해명 스님 이야기를 들려주기 시작했다. 해명 스님이 열네 살 때 가배의 마지막 날 세상에서 가장 아름다운 공주님을 만난 순간부터 시작되는 이야기였다.

"오늘에야 깨달았어요. 모든 것은 서로 이어져 있어요. 해명 스님은 신라를 떠나 나에게 왔고 나는 바다를 건너 공주님에게 왔어요."

유연이 고개를 들었다.

"자신을 소중히 여겨 주세요, 공주님. 제가 신라에 온 이유는 이 말을 전하기 위해서였어요."

이자야는 유리 가마에 불을 지폈다. 땀을 비처럼 쏟으며 불기운을 돋웠다. 밤이 깊어 갔다. 이자야는 유리 심지에 미리 만들어 둔 색색의 유리 조각을 붙여 나갔다. 먹지도 마시지도 않았다. 날이 훤히 밝아 오고 다시 해그림자가 짧아지고 이윽고 어둑어둑해질 무렵에야 흰 얼굴이 떠올랐다. 유리 막대를 잡아 늘여 유리 가위로 잘라 나갔다. 가장 어려운 얼굴 조각이 완성된 것이다. 이자야는 한숨 돌린 뒤, 수호 새와 꽃나무도 같은 방식으로 빚어 나갔다.

마침내 조각들이 모두 완성되었다. 이자야의 얼굴은 까칠했지만 눈빛은 빛났다. 이자야는 유리 막대를 불에 녹이며 문양 조각들을 하나씩 붙여 나갔다. 모든 문양들이 어우러져 극락정토를 이루는 긴 유리 막대가 완성되었다. 이자야는 가위로 그 뜨거운 유리 막대를 똑같은 크기로 잘라 내 둥글렸다. 아름다운 쌍둥이 구슬들이 이자야의 손을 빌려 태초의 어둠으로부터 하나씩 형상을 입고 태어났다.

지칠 대로 지친 이자야는 덜덜 떨리는 손으로 편지 한 통을 써서 시동에게 건넸다. 그러곤 그대로 쓰러져 깊은 잠에 빠져들었다.

이자야를 깨운 건 문 두드리는 소리였다. 집 뒤 대숲에 부는 바람이 스산한 초가을 아침이었다. 문을 여니 화려한 차림새를 한 여인이 안개로 짠 듯 고운 비단 너울을 쓰고 서 있었다. 여인은 시녀들을 물리고 홀로 들어와 너울을 벗었다. 화장기 없는 말간 얼굴이 나타났다.

눈썹은 활처럼 우아하게 휘었고 눈은 맑고 또렷했다. 오뚝한 콧날 아래 꼭 다문 분홍빛 입술은 단아하고 서늘했다.
검고 희고 붉은 기운이 완벽하게 어우러진 아름다움이었다.

"내가 공주란 걸 언제 알았나요?"

유연이 물었다.

"공주님이 이 문을 열고 들어선 순간부터요."

이자야가 대답했다.

"해적 섬에 발 묶였던 세월 동안 덕술 아저씨, 아니 김 총
감님에게 서라벌과 공주님 이야기를 날마다 들었지요. 눈
감고도 공주님 얼굴을 떠올릴 수 있을 정도였는걸요."

"구슬을…… 완성했다고요?"

이자야는 고개를 끄덕이고 공주를 작업대 앞으로 이끌었
다. 덮어 둔 천을 벗기자 구슬들이 나타났다. 바탕의 푸른빛
은 오묘하고 은은했다. 희디흰 부처님의 얼굴은 자애롭고
꽃나무와 새는 천진했다.

공주가 속삭였다.

"참으로 아름답네요……."

이자야의 얼굴이 자부심으로 환해졌다.

"바탕의 파란색은 제가 사랑하는 고향 바다의 빛깔입니
다. 공주님께 보여 드리고 싶었어요. 부처님과 꽃나무와 새
는 해명 스님의 꿈이고요. 그것들이 어린아이의 그림처럼

소박하고 명랑한 것은 아이처럼 자유롭고 행복했던 때의 공
주님의 마음이랍니다."

"참으로 아름다워요."

공주가 거듭 말했다. 공주의 눈에 눈물이 고였다.

"당신과 함께 노는 동안은 정말 아이 때로 돌아간 듯 행복
했어요."

"이 구슬들은 모두 공주님 것입니다."

공주는 하루가 다 가도록 꼼짝도 않고 구슬을 바라보며
앉아 있었다. 이자야는 그런 공주를 가만히 내버려 두었다.
해가 저물 무렵 공주는 조용히 일어나더니 작업대 벽에 걸
린 망치를 가져와 힘껏 휘둘러 구슬들을 내리쳤다. 구슬들
이 하나씩 가루로 부서졌다.

구슬이 단 하나만 남았을 때 공주는 망치를 내려놓았다.

"아버지에게 세상에서 가장 아름다운 보물은 하나여야만
하니까요."

공주가 쓸쓸한 표정으로 말했다.

가배 마지막 날 월성 앞 너른 터에 백성들이 구름처럼 몰
려들었다. 육부의 여인들이 겨룬 길쌈 시합은 사량부의 승
리로 마무리되었다. 혼인하기 전 마지막으로 포상을 위해

공주가 단상에 오를 것이었다.

공주가 나타나자 사람들의 함성에 땅이 흔들렸다.

공주는 천상에서 내려온 선녀인 듯 아름다웠다. 가슴에 드리워진 구슬 목걸이가 보였다. 목걸이 한가운데 박힌 푸른 구슬을 보았을 때 왕과 신하들은 아미타불을 읊었다. 신라 땅에는 부처님이 지상의 것으로 화하여 나타나시는 일이 종종 있는데 저 푸른 구슬 또한 그러하다고 신하들은 속삭였다.

왕은 모든 게 흡족하여 크게 웃었다. 고관대작들 틈에 끼어 선 김덕술만이 웃는 것도 우는 것도 아닌 표정으로 꽃도 잎도 진 배롱나무를 하염없이 바라보았다.

공주가 이별 선물로 두고 간 구슬 목걸이를 왕이 발견했을 때 공주와 이자야는 먼바다 한가운데 뜬 배 위에 있었다. 그 배는 김덕술이 거금을 주고 산 왜인의 배였다. 크지는 않아도 군선보다 훨씬 빨랐다. 배는 이웃 섬나라로 향하지 않았다. 배는 서쪽으로, 이자야의 고향으로 쏜살같이 나아갔다.

두 사람은 배 위에서 서로 마주 보며 웃었다. 해명이 그랬듯 이자야가 그랬듯 이제 공주도 자기 몫의 모험을 시작했다.

왕은 구슬 목걸이를 목에 걸고 늙어 갔다. 왕은 죽기 전

내관에게 유언했다. 관에 넣을 때 저 목걸이를 함께 넣어 달라고. 왕의 육신은 썩었지만 그 구슬은 무덤 속에서 천년을 견디었다.

태평양과 인도양 사이에 인도차이나 반도와
수많은 섬들로 이루어진 동남아시아는
예부터 수많은 나라들이 명멸을 거듭해 온 곳이다.
늘 무덥고 비가 많이 오는 데다 밀림이 우거져서
농사짓기에 쉬운 땅은 아니었다.
그래서 큰 강과 바닷길을 따라 일찍부터 교역이 발달했다.
바다를 터전으로 살아가는 사람들은
철 따라 방향이 바뀌는 계절풍의 도움을 받아
좀 더 먼바다까지 배를 타고 나갔다.
이미 기원전 200년경부터 해안선을 따라
인도와 중국 대륙을 배로 오갔다고 한다.
중요한 교역 항 부근의 섬들에는
차츰 장인들이 모여 사는 마을도 생겨났다.
동자와 섬의 한 마을에서는 지금도 고대와 같은 기법으로
유리를 만드는 사람들이 살고 있다.

사
마
르
칸
트
의

제
지
장

751년 당나라 3만 군대는 고선지 장군의 지휘 아래 탈라스 평원으로 나아갔
다. 서역의 패권을 놓고 이슬람 군대와 맞붙으려는 것이었다.
전투는 당과 연합했던 카를루크 부족이 이슬람 측에 붙음으로써 당나라의 대패
로 끝났다.
수많은 병사들이 죽임을 당했고, 일부는 포로가 되어 사마르칸트와 바그다드 등
으로 끌려갔다. 수년 뒤 이민족 출신 안녹산이 반란을 일으키자, 당나라는 점차
힘을 잃어 안서도호부를 두고 다스리던 땅에 대한 패권을 끝내 회복하지 못했다.

탈라스 전투

흑해

카스피해

페르가몬 •

타슈켄트 •

사마르칸트 •

• 바그다드

이 집 트

인 도

1

　751년 한여름, 타슈켄트 북쪽 황야를 서쪽으로 달리던 소
년이 풀썩 쓰러졌다.

　독수리 한 마리가 내려앉아 소년을 지켜보았다. 소년은
얼굴을 땅에 처박은 채 꼼짝도 않았다.

　독수리가 하늘을 향해 새된 울음을 한 번 토해 냈다. 소년
의 손가락이 꿈틀하더니 흙을 긁었다. 진흙과 모래자갈이
고개를 돌릴 기력조차 없는 소년의 입과 코를 막았다. 독수
리는 여전히 꼼짝도 않았다. 시간이 자신의 편이란 걸 알기
때문이었다.

　그때 사마르칸트로 향하던 대상 행렬이 소년을 발견했다.

상인들은 독수리를 쫓고 소년을 구했다. 누더기 꼴이긴 해도 소년이 입은 옷은 당나라 병사복이었다.

"허…… 탈라스 벌판에서 여기까진 낙타를 타고도 나흘 거리인데……."

한 상인이 믿을 수 없다는 듯 고개를 저었다. 막 그곳을 지나온 참이었다. 승리자인 아랍군의 진영이 그대로 남아 있는 벌판에는 잘리고 찢긴 시신이 산처럼 널려 있었다. 그 참혹한 광경은 아랍 군대가 사마르칸트를 처음 포위했던 712년 이후 반란군과 정복군 사이에 몇 번이나 벌어졌던 참상을 떠올리게 했다. 상인들의 아버지나 친척들도 그 싸움에서 목숨을 잃었다. 상인들은 오는 동안 만나는 이들에게 당나라가 참패했다는 소식을 알렸고 그 소식은 파문처럼 초원에 퍼져 나갔다.

사람들의 웅성거리는 소리에 소년이 바위처럼 무거운 눈꺼풀을 들어 올렸다. 상인들을 적군으로 알았는지 눈빛에 두려움이 어렸다.

"죽이지 마세요……. 나는…… 나는…… 당나라 사람이 아니에요."

소년의 입에서 소그드 어가 흘러나왔다. 그 일대를 이루는 소그드 땅 사람들이 고대부터 동서 교역에 종사해 와 널

74

리 쓰이는 말이었다. 소년은 굳은 혀를 억지로 움직여 떠듬떠듬 말을 뱉었다.

"내 고향은 고구려예요……. 나라가 망해서 할아버지 대에 당나라로 끌려와…… 나를 죽이지 마요."

한 상인이 쓴웃음을 지으며 말했다.

"죽이지 않는다. 우린 사마르칸트의 상인이야. 지금도 당나라 장안에 다녀오는 길이지."

"어쩐다."

상인들은 서로 얼굴을 마주 보았다.

"우선 사마르칸트로 데려갔다가 다시 길 떠날 때 쿠차에 있는 도독부에 인계하지 뭐."

"당나라 군대가 돌아오면, 이 앨 데려가겠지."

상인들은 몰랐다. 이 뼈아픈 패배를 끝으로 당나라는 다시 서역 땅으로 돌아오지 못한다는 사실을.

상인들은 소년에게 미음을 먹이고 옷도 갈아입혔다. 기운을 좀 차리자 이것저것 물어보았다.

소년은 전쟁터를 운 좋게 빠져나오자마자 쉬지 않고 달렸다고 했다. 들짐승이나 적군과 마주칠까 봐 밤에도 자지 않고 달리고 또 달렸다. 힘이 다해 쓰러질 때까지.

"먹지도 자지도 않고 달려서 여기까지 왔단 말인가. 보통 독종이 아닐세."

상인들은 그렇게 말하며 웃었다.

하루 야영을 하고 반나절 더 가자 햇빛을 받아 보석처럼 반짝이는 푸른 제라프샨 강이 보였다. 소그드 인들이 일군 도시들 가운데 가장 아름답고 풍요로운 사마르칸트의 젖줄이었다.

드넓은 밀밭과 목화밭 깊숙이 강물을 끌어들여서 들판은 푸르게 넘실거렸다. 강가에 늘어선 제분소에선 밀을 빻는 수차가 우렁차게 돌아갔다.

"저기 좀 봐라!"

상인이 자부심 가득한 목소리로, 낙타에 올라앉은 소년을 불렀다. 상인의 손가락이 가리키는 강 너머에 붉은 성이 보였다.

여관에 도착한 대상 행렬은 지친 낙타와 말들을 풀었다. 그 분주한 틈을 타 소년이 사라져 버렸다. 여관 안팎을 뒤져 봤지만 소년은 보이지 않았다. 녀석이 갈아입은 누더기 갑옷만이 허물 벗은 것처럼 널브러져 있었다.

"왜 달아난 거지? 우리가 총독 앞에 끌고 갈까 봐 겁먹은 건가?"

"알 게 뭐야. 당나라로 돌아가기 싫었는지도 모르지."

76

"여하튼 독종이니 굶어 죽지야 않겠지."

먹고 마시며 푹 쉰 상인들은 성안이나 부하라에 있는 각자의 집으로 떠나갔다.

가난한 사람들은 제라프샨 강이 남으로 흐르다 서쪽으로 방향을 틀며 생긴 삼각주의 쓰레기터 근처에 모여 살았다. 쓰레기터는 버짐처럼 점점 커지며 악취를 풀풀 풍겼지만 그곳에 사는 사람들에게는 먹고 입고 집 짓는 데 필요한 것들을 보태 주는 소중한 공간이었다.

얼기설기 지은 집들이 다닥다닥 붙은 좁은 골목 끝, 밝은 파랑으로 쪽문을 칠한 집에 세 사람이 함께 살았다. 젊을 때 무희로 날렸지만 지금은 식당에서 허드렛일을 하는 뚱뚱하고 괄괄한 이만나, 심금을 울리는 연주 솜씨를 가졌지만 술만 마시면 들개처럼 거칠어지는 주정뱅이 악사 테비시, 그리고 말더듬이 넝마주이 누스탐이었다. 가난하고 의지가지없는 사람들은 이렇게 한 지붕 아래 서로 기대 살았다.

하루는 넝마주이 누스탐이 돌아와 파란 대문 집 식구들에게 그날 있었던 일을 들려주었다.

그날도 누스탐은 쓰레기 더미를 뒤지고 있었다. 한여름 불볕더위에 쓰레기터는 악취로 부글부글 끓어올랐지만, 지독하게 소심한 누스탐은 사람을 상대할 필요가 없는 그 일이 좋았다. 쓸 만한 넝마를 골라내어 세상으로 돌려보내는 보람도 있었다. 그렇게 일에 푹 빠져 있던 누스탐은 깜짝 놀라 쓰레기 산에서 뒤로 굴러떨어질 뻔했다.

웬 시커멓고 꼬질꼬질한 사내 녀석이 쓰레기 더미에서 건져 올린 뭔가를 우물우물 먹고 있었던 것이다. 녀석은 누스탐을 빤히 보더니 발이 푹푹 빠지는 쓰레기 더미를 펄쩍펄쩍 뛰어 사라졌다.

"아, 아직 어린애였어. 이런 나, 날씨에 쓰레기 더미에서 건진 걸 자, 잘못 먹었다간 죽을지도 모르는데……."

누스탐은 걱정스럽게 말했다. 일찍 부모를 잃고 힘들게 살아온 자신의 어린 시절이 떠오르는 듯했다.

"못 보던 놈이 하나 기어들긴 했나 봐. 며칠 전 내가 연주하던 가게에서도 어떤 녀석이 무얼 훔쳐 먹다 걸렸다는데 워낙 발이 빨라 놓쳤다더군."

도둑질하다 잡히면 열 배로 물어 주든가 노예가 되는 게 사마르칸트의 율법이었다. 이 동네 사람들이 법이나 법의 앞잡이들과 친하지 않은 게 새로 흘러든 그 뜨내기에겐 다행인 셈이었다. 결국 끝이 좋을 리는 없겠지만.

닷새 뒤 이만나와 딱 마주쳤을 때, 녀석은 손에 고깃덩이를 든 채 사람들에게 쫓기고 있었다. 이만나는 소년의 꼬챙이 같은 손목을 낚아채 식당 안으로 밀어 넣었다. 곧 남자들이 소리를 지르며 우르르 달려와 이만나를 스쳐 갔다.

녀석은 식당 구석에 웅크린 채 자기보다 덩치가 세 배쯤 큰 이만나를 째려보았다. 한참 눈싸움을 벌이더니 도저히 배고픔을 참을 수 없었는지 소년이 고기를 우적우적 뜯기 시작했다. 이만나는 기가 차서 웃었다. 왠지 녀석이 밉지 않았다.

"넌 뭐 하는 놈이냐?"

"나는 고구려 사람이야."

소년이 고기를 꿀꺽 삼키며 대꾸했다. 고구려 사람이라는 말이 신용장이라도 된다는 투라, 이만나는 피식 웃었다.

"여긴 사마르칸트야. 니가 어디서 굴러먹다 왔는지, 조상이 누군지, 그런 따윈 내 알 바 아냐."

드센 말투로 쏘아붙인 이만나가 소년의 눈을 똑바로 들여다보았다.

'뭐라도 한 가닥 할 놈 같긴 한데.'

젊을 때 이만나는 양고기와 가죽을 팔러 오는 유목민 사내 하나와 사귄 적이 있었다. 둘 사이엔 아이가 생겼지만 오래 살지 못하고 죽었다. 소년의 길고 까만 눈을 들여다보고 있자니 죽은 아이가 생각났다. 이젠 희미한 아픔으로 남은 기억이었다.

"그래, 뭘 할 줄 아니?"

이만나의 물음에 소년은 어깨를 으쓱했다. 자신에 찬 몸짓에 이만나는 또 웃고 말았다. 보고 있는 것만으로 기운이 쭉 빠지는 사내놈은 많았다. 하지만 눈앞의 이 애송이 녀석은 좀 달랐다.

이만나는 소년을 데리고 집으로 갔다. 악사와 넝마주이는 놀라긴 했지만 흔쾌히 소년을 받아들였다. 힘들게 먹이고 기르지 않았는데도 똘마니가 하나 생기면 좋은 일 아니겠는가.

"노래를 가르쳐서 내가 데리고 다녀도 되겠어."

악사 테비시가 소년을 훑어보며 말했다. 전날 퍼마신 술 때문에 눈에 핏발이 돋은 그를 향해 나머지 두 사람이 코웃음을 쳤다. 하루가 멀다 하고 술에 절어 싸움판을 벌이는 당신에게 이 아이를 맡길 리가!

"나, 나를 따라다니며 일을 배, 배우는 게 낫지."

넝마주이 누스탐이 말했다. 쓰레기 더미에서 쓸 만한 걸 가려내는 자신의 눈썰미를 배우면 배는 곯지 않을 터였다.

사실 그 세 사람이 소년을 걱정할 필요는 전혀 없었다.

소년의 이름은 모루였다.

"짐꾼을 하면 배는 곯지 않을 거다."

모루가 발이 빠르다는 걸 아는 이만나가 말했다. 어쨌든 주정뱅이를 따라다니거나 쓰레기를 뒤지는 것보단 낫지 않겠냐고 이만나는 생각했다. 지금은 볼품없이 말라 빈 바구니를 질 힘이나 있을까 싶었지만 사내애들이란 금세 자라는 법이다.

"짐꾼 노릇을 하려면 길을 잘 알아야 하니 누스탐, 당신이 데리고 다니며 길 좀 익혀 줘."

이만나가 그렇게 말하면 누스탐은 따를 수밖에 없는 것이다. 모루가 체력을 회복하자 넝마주이는 모루를 데리고 다니기 시작했다.

가장 먼저 데려간 곳은 시장이었다. 사마르칸트의 시장은 세상의 모든 물건이 모여드는 곳이었다. 당나라 장안의 시장처럼 반듯하게 정비되어 있진 않았지만 풍요로움과 활기는 그 못지않았다. 시장 입구에는 등에 큰 바구니를 멘 짐꾼들이 옹기종기 모여서 손님을 기다리고 있었다.

"기, 길 잃기 쉬우니 나를 노, 놓치지 마라. 장을 좀 봐 가자."

모루에게 이렇게 말하는 넝마주이가 더 긴장돼 보였다. 그는 사람 많은 곳, 북적대고 화려한 곳을 잘 견디지 못했다. 누스탐의 마음 깊숙한 곳에 자리한 첫 번째 기억은 이런 북적대는 시장통에서 어린 자신이 혼자 우는 모습이었다. 부모가 어떻게 된 건지는 기억에 없지만, 그 막막한 두려움만은 죽을 때까지 잊지 못할 것이다. 오랜 세월이 흐른 지금도, 이런 장소에 들어서면 온갖 소리와 냄새와 빛깔이 소용돌이치며 사방에서 밀어붙여 그를 더욱 작아지게 만들었다.

넝마주이는 지켜 주어야 할 사람이 있다는 생각에 아랫배에 힘을 주었다. 그러고는 모루의 손을 잡더니 안심하라는 듯 꽉 쥐었다. 사실 모루는 군대에 동원될 나이니 열다섯 가까이는 되었을 테지만 누스탐에겐 부모를 잃을 때의 자신처럼 어리게 느껴지는 것이었다.

살집 좋은 점원들이 큰 소리로 손님을 끌었다. 누스탐과 모루는 값비싼 장신구들이 눈길을 잡아 끄는 골목을 곧바로 통과해 온갖 향신료, 두툼한 치즈, 납작하고 고소한 빵, 불 위에서 구워지는 꼬치구이, 술과 향긋한 과일, 새벽에 잡아 올린 커다란 생선들이 즐비한 골목으로 들어섰다.

넝마주이는 뚱뚱한 빵집 주인에게 다가갔다. 빵을 좀 사려고 말을 붙였지만 목소리가 너무 작은 데다 소심한 몸짓은 전혀 주인의 주의를 끌지 못했다. 없는 사람 취급당하는 게 한두 번이 아니라서 작게 한숨을 쉬고는 발길을 옮겼다.

그때였다. 모루가 그의 손을 힘주어 당기더니 큰 소리로 주인을 불렀다. 제법 야무지게 필요한 걸 말하고는 흥정까지 했다. 채소 가게에 가서는 주인이 둘의 행색을 보고 시들시들한 물건을 싱싱하다며 들이밀자 대번에 모루의 눈빛이 변했다.

"우라질, 아저씨 마누라가 열흘 입은 속곳도 이것보단 싱싱하겠네."

어린 녀석의 거침없는 말버릇에 주인도, 누스탐도 깜짝 놀랐다. 기선을 제압한 모루가 물건을 척척 고르기 시작하는데 하루 이틀 해 본 솜씨가 아니었다. 그렇게 다음, 또 다음 가게로 넘어가니 어느새 장바구니가 수북해졌다. 모루는 시장 바닥이 제집인 양 편안해 보였고 이젠 오히려 누스탐이 모루에게 끌려다니는 모양새였다.

그런데 웬일인지 누스탐은 수십 년 묵은 넝마 같은 배 속을 훌렁 뒤집어 북북 빨아 넌 듯 속이 시원해지는 것이었다.

"당나라에 있을 때 시장에서 거간꾼 노릇으로 벌어먹었어요. 사방에서 장사꾼들이 왔으니까요. 국경 근처라 온갖 말을 쓰는 애들과 뒹굴며 자란 게 쓸모가 있었죠. 말이 안 통하는 장사치들 사이에 흥정을 붙여 주고 쏠쏠히 챙겼어요."

넝마주이는 정신없이 고개를 끄덕였다. 이렇게 어린 아이가(거듭 말하지만 그렇게 어리진 않다.) 그렇게 엄청난 일을 하다니 정말 대단하다. 대단해.

"돈을 많이 벌어서 부자가 되고 싶었는데, 갑작스럽게 징병됐지 뭐예요. 다른 녀석들은 벌써 뭐라도 된 양 으스댔죠. 그도 그런 게 고선지 장군을 따라가는 거니까요. 망한 나라 출신으로 그만큼 출세한 분은 없었거든요. 이기고 돌아가면 두둑이 생기는 게 있을 줄 알았죠."

모루는 그다음에 일어난 일들이 떠오르는지 눈빛이 어두워졌다.

"쳇, 아무러면 어때요. 어차피 당나라에서도 사람대접은 못 받았어요. 여기든 거기든 먹고살면 되는 거죠."

그렇지. 그렇고말고. 넝마주이는 또 고개를 연신 끄덕였다.

"나라 잃은 백성이란 주인 없는 개처럼 춥고 서러운 목숨이에요……. 할아버지는 아버지를 낳았고 아버지는 나를 낳았어요. 나도 언젠가 자식을 낳겠죠. 그 아인 춥고 배고프게 하지 않겠어요. 이 몸뚱이가 내 나라예요. 그렇게 여기며 악착같이 살아남으라고 아버지가 그랬어요."

아프라시아브 언덕 동쪽 끝에서 서쪽 끝까지, 제라프샨 강 건너 농지와 목초지까지, 모루는 달리고 또 달렸다. 모루는 가장 빠르고 가장 영리한 짐꾼이었다. 넝마주이를 따라다니며 단숨에 십 년 토박이처럼 길을 익혔고 덤으로 얼굴과 집도 외웠다. 가장 좁은 골목 끝 집이든 가장 먼 들판 외딴집이든 모루는 마다하지 않았다. 어느 가게가 더 질 좋은 치즈를 파는지, 어느 가게가 더 싱싱한 채소를 갖다 놓는지, 어느 가게가 밀가루 한 줌이라도 더 얹어 주는지도 빠삭하게 꿰었다. 손님이 바쁜 주부인지, 부잣집 시녀인지, 홀아비인지 눈치껏 알아 두었다가 요령 있게 주문을 끌어냈다. 부잣집 시녀들과 바쁜 여인네들은 모루에게 주문만 하면 신선하고 품질 좋은 물건을 직접 살 때보다 더 싸게 사다 준다는 걸 알게 됐다. 영리한 모루는 장 볼 돈에서 한 푼이라도 빼돌린 적이 없었다. 신뢰를 쌓으면 더 큰 이익으로 돌아온다는 것쯤 이미 거간꾼 시절에 체득했던 것이다.

모루가 제분소에 대해 이것저것 물어 오기 시작한 건, 제분소에 민간인과 전쟁 포로들이 섞여 일한다는 이야기를 누스탐에게 들은 뒤부터였다.

강가에 늘어선 제분소는 이 지역에서 손꼽히는 부자인 사르타바하 록산느의 소유였다. 그는 젊을 때 당나라의 장안을 오가며 교역으로 큰돈을 벌었다. 소그드 상인이 1만이나 자리 잡고 산다는 장안의 서시(西市) 중심에 사르타바하의 수입품 상점이 있었다. 장안의 여러 상단주들과 친분도 두터웠다. 원래 너그럽고 대범한 성품인 데다 그런저런 인연으로 전쟁이 끝난 뒤 끌려온 당나라 포로들을 사들여 제분소에 고용했다. '고용'했다는 건 민간인 일꾼처럼 보수를 지불한다는 의미였다. 돈을 숭상하는 소그드 땅의 여러 도시에서는 노예들도 자기 몸값을 지불하면 자유민이 될 수 있었다.

배달을 하느라 제분소 근처를 지나던 모루는 잡상인들이 흙벽돌담 너머로 갖가지 먹을거리와 자질구레한 물건을 파는 걸 보았다. 담 저편에는 일꾼들이 우글우글 들러붙어 시끌벅적하게 떠들어 대고 있었다. 자유민들이야 집에 가는 길에 시장에 들르면 되겠지만 포로들에겐 그런 자유가 없으니 잡상인들이 오는 것이었다.

모루는 며칠 동안 불러도 못 들을 정도로 생각에 골몰해 있었다. 어딜 가든 그 생각에 빠져 있는 듯했다. 그러던 어느 날 모루는 누스탐을 따라 쓰레기터에서 골라낸 헌 옷과 이런저런 물건들을 고물상에 넘기러 갔다. 들인 땀과 시간에 비해 받아 든 돈은 형편없이 적었다. 그래도 누스탐은 만족한 표정으로 고물상을 나섰다. 모루가 불쑥 넝마주이의 팔을 잡았다.

"아저씨, 좋은 생각이 났어요."

"무, 무슨 생각?"

"헌 옷을 자루째 고물상에 넘겨 봐야 몇 푼 못 받잖아요. 헌 옷을 깨끗이 빨고 수선해서 필요한 사람에게 직접 팔면 수입이 더 낫지 않을까요?"

누스탐은 고개를 끄덕였다.

"그, 그런데 어디다 파, 팔지?"

"그야 제분소 일꾼들한테죠."

모루가 주먹으로 제 손바닥을 두드리며 힘 있게 말했다.

"어차피 크게 밑천 드는 일 아니니 한번 해 봐요. 잘되면 서로 좋은 일이죠. 일꾼들은 싸게 옷을 사 입어 좋고, 우린 돈을 더 벌 테니까 좋고."

넝마주이는 부지런히 넝마를 모아 오고, 개중 쓸 만한 걸 잘 빨아 말렸다. 그렇게 손질한 옷을 수레에 싣고 제분소를 차례차례 돌며 옷을 팔았다. 일꾼들은 생각했던 것보다도 좋아했다.

모루는 옷을 사러 나온 포로 출신 일꾼들에게 빠짐없이

물었다.

"혹시 판슈라는 사람 모르시나요?"

"그게 누군데?"

"고향 친구예요."

"어떻게 생겼대?"

"얼굴이 동그랗고, 키는 저보다 크고 아주 얌전하고……
아, 그림을 잘 그려요."

"여기서 무슨 그림 그릴 일이 있남?"

"네…… 혹시 보면 모루가 찾는다고 전해 주세요. 꼭요."

이른 첫눈이 목화송이를 얼리던 날, 벽돌담 위로 그리운
얼굴이 불쑥 나타났다. 모루가 그토록 찾던 판슈였다.

"내가 여기 있는 걸 어떻게 알았어?"

판슈가 물었다.

"네가 죽지 않았다면 언젠간 만나리라 믿고, 포로들이 있
는 곳이라면 다 찾아볼 생각이었어. 바그다드까지라도 말이
야."

"너라도 자유의 몸이라 다행이야."

판슈가 진심으로 말했다. 모루는 말없이 판슈의 손을 꼭
쥐었다.

판슈와 모루는, 둘 다 부모를 일찍 여의고 기댈 데 없는 처지라 형제처럼 서로 의지하며 자랐다. 판슈는 그림 그리는 재주가 있었다. 화공 밑에 들어가 도제 수업을 받을 때 거간 꾼 노릇으로 돈을 벌어 붓이며 종이를 대 준 것도 모루였다. 악바리인 모루와는 달리 판슈는 모난 데 없이 순해서 어른들의 귀여움을 받았다. 모루는 그런 판슈가 자랑스러웠다.

그랬던 판슈가 딴사람처럼 변해 있었다. 뽀얗던 얼굴은 모래 폭풍이 쓸고 간 황야처럼 누렇게 변했고, 총기 있던 눈빛도 얼이 빠진 듯 빛을 잃었다.

그날 이후로, 판슈는 피비린내 진동하던 탈라스 벌판을 단 하루도 떠올리지 않은 적이 없었다. 밤이면 귓가에 소리가 울려 퍼지고 감은 눈 앞에 끔찍한 학살 현장이 생생하게 펼쳐져 잠을 이룰 수 없었다. 수만 대군이라곤 하나 정예 부대를 제외하면 밭 갈고 베 짜다가 징병되어 온 사람들이었다. 이슬람군은 훨씬 숫자가 많은 데다 기병이었고, 당나라군은 거의 보병이었다. 애당초 이길 수 없는 싸움이었다. 어제까지 함께 웃고 떠들던, 선량하고 순박한 아저씨와 형들이 차디찬 이국의 벌판에서 찔리고 베여 죽어 갔다. 판슈는 머리를 땅에 박은 채 부들부들 떨며 죽음을 기다렸지만 적병은 저항하지 않는 병사들을 포로로 데려갔다. 잘린 목보다야 산 사람이 쓸모가 있지 않겠는가. 그렇게 목숨은 건졌지만, 흰 종이처럼 깨끗했던 판슈의 영혼은 붉은 핏물을 뒤집어쓴 채 갈가리 찢겼다.

모루는 하루 종일 발바닥에 불나게 뛰어다니고도 아침이면 누구보다 일찍 일어났다. 아침 일찍 강에 나가 어부들이 갓 잡아 파닥거리는 고기들을 생선 가게에 배달하기 위해서였다. 하지만 저녁에는 너무 늦지 않게 일을 끝내고 제분소로 향했다.

저물녘 제분소 흙벽돌담을 사이에 두고 모루와 판슈가 정답게 얘기를 나누는 모습은 제분소 사람들에게 어느새 익숙한 풍경이 되었다. 겨울이 깊어 가고 차가운 눈바람이 몰아쳐도 변함없이 한 사람은 담 안쪽, 다른 한 사람은 담 바깥쪽에서 얼어붙은 손을 맞잡았다.

"내가 돈을 많이 벌어서, 너를 자유민으로 해방시켜 줄게."

모루는 스스로에게 다짐하듯 말했다.

"얼마나 기다리면 되는데?"

판슈가 해쓱한 얼굴로 미소 지었다.

"음…… 한 사오 년?"

"난 그때까지 못 살지도 몰라."

판슈는 늘 그런 생각을 해 온 것처럼 담담하게 말을 이었다.

"지금도 마음이 성치 않은걸. 일할 땐 차라리 괜찮아. 일 끝나고 숙소로 돌아가 누워 있으면, 컴컴한 구석에서 뭔가가 스멀스멀 기어 나오니까."

판슈가 어깨를 으쓱하더니 피식 웃었다.

"미쳐 버린 사람이 있었는데 여기 오기 직전에 죽었어. 가끔 이런 생각도 해. 죽는 건 싫지만, 죽고 나면 더 이상 무섭지도 아프지도 않을 테니까 올 거면 빨리 왔으면 좋겠다고."

모루의 눈자위가 붉어졌다. 어둠을 무서워하는 판슈를 위해 등잔과 기름을 사다 주었지만 별 소용이 없었던 것이다.

"저녁에 뭔가 할 일이 있으면 나을지도 몰라."

모루는 애써 담담히 말했다.

"그럴까? ……하지만 할 게 없는걸."

판슈는 물끄러미 담 너머 거리를 바라보았다.

"다시 그림을 그리고 싶긴 해."

"그래, 그림을 그리면 좋겠다!"

모루의 얼굴이 환해졌다.

"하지만 종이가 없는걸."

모루의 얼굴이 다시 어두워졌다. 사마르칸트에서 종이는

당나라와는 비교도 안 되게 귀한 물건이다. 도둑질이라도 하지 않는 한 모루나 판슈가 감히 만져 볼 수 있는 게 아니었다. 그건 양피지도 마찬가지였다.

모루는 판슈의 손을 꽉 쥐고 힘주어 말했다.

"그까짓 종이, 내가 만들어 줄게."

그까짓 종이라니. 모루는 집으로 돌아와서 한숨을 쉬었다. 큰소리는 쳤는데 종이를 어떻게 만든다지? 파란 대문 집 사람들은 모루의 일이라면 무조건 거들었지만 이 일에 대해서는 도울 길이 없었다. 종이를 본 적조차 없으니 말이다. 모루로 말할 것 같으면 시장에서 일할 때 종이를 보기야 했지만…….

모루는 판슈가 스승님 심부름으로 제지소에 갔을 때의 기억을 더듬어 말해 준 걸 떠올렸다.

"나무로 만든다는 건 확실해. 나무껍질 말이야."

나무……껍질?

"커다란 솥에 넣어서 삶았던 것 같아. 음…… 절구도 있었고."

삶는다고……? 절구?

모루는 머리털을 쥐어뜯었다. 악사 테비시는 별 미친놈 다 본다는 표정으로 꺼억 트림을 했다.

"대체 무슨 소린지 모르겠네. 나무껍질을 삶아서 종이라는 걸 만든다고? 무슨 연금술이야? 그래, 그걸 네가 만들겠다고?"

"채륜도 배 속에서부터 종이를 만든 건 아니라고요. 나라고 못 할까 봐?"

모루가 발끈했다. 채륜은 종이를 처음 발명했다고 알려진 후한 때 관리이다. 채륜이 누군진 모르지만 모루가 그보단 똑똑할 거라고 철석같이 믿는 넝마주이 누스탐만이 언제나처럼 열렬한 응원을 보냈다.

"두고 봐요. 내가 꼭 만들고 말 테니."

모루는 하나에 꽂히면 걸을 때도 먹을 때도 꿈속에서도 그것만 생각했다. 모루는 아는 상인을 찾아가 이집트 파피루스에 대해 이것저것 물어봤다. 파피루스도 식물 줄기로 만드는 거니 종이와 비슷한 점이 많을 거란 생각이 들었던 것이다.

파피루스라는 식물은 오직 이집트에서만 난다. 파피루스를 만드는 법은 이랬다. 파피루스의 속줄기를 끈처럼 잘라내어 가로세로로 겹쳐 놓고 무거운 걸로 꾹 눌러놓는다. 그러면 파피루스 속줄기에서 끈끈한 액이 나와 서로 들러붙어 이음매 없는 종이로 변한다. 그런 각각의 파피루스 종이들을 풀로 붙여 긴 두루마리로 만드는 것이다. 꽤 단순하게 들리지 않는가?

　―눌러놓는다.

　모루는 머릿속에 첫 번째 단서를 꾹꾹 눌러썼다. 모루는 마당에 한 그루 있는 뽕나무 껍질을 벗겨 냈다. 겉껍질은 버리고 그 속의 좀 더 연한 부분을 벗겨 냈다. 벗겨 낸 껍질을 보고 또 보았다. 아무리 봐도 눌러둔다고 저절로 들러붙을 것 같진 않았다. 모루는 머릿속 단서에 덧붙여 썼다.

　―눌러놓는다. 하지만 그 전에 뭔가 한다.

　모루는 일단 뭐든 닥치는 대로 해 보자고 생각했다. 일이란 게 그렇게 닥치는 대로 부딪치고 실패도 맛보면서 실마리가 풀리는 법 아니던가.

　먼저 판슈에게 들은 대로 나무 속껍질을 솥에 넣고 푹 삶아 보았다.

　뭐 맛있는 걸 끓이나 해서 뚜껑을 열던 넝마주이가 기겁했다. 누더기처럼 흐물흐물해진 게 똥 덩이처럼 둥둥 떠 있었으니 말이다.

　모루는 한숨을 쉬며 머릿속에 다시 썼다.

　―눌러놓기 전에 삶는다. 하지만 그 전이나 후에 뭔가를 한다.

아무리 생각해도 나무가 종이가 되려면, 악사 테비시 말마따나 연금술이나 마법이라도 부려야 할 것 같았다. 모루는 그 마법을 찾아 들개처럼 쏘다녔다. 그런데 이 세상에는 그런 마음으로 관찰해 보면 정말로 마법 같은 일이 꽤 많다.

모루는 직물 가게에서 여인들이 목화솜에서 실을 뽑는 걸 구경했다. 목화솜에서 실을 뽑아 천을 짜겠다는 생각을 해 낸 이가 누굴까? 모루는 감탄스러웠다. 나무껍질로도 가능할까 생각해 보다가 고개를 저었다.

모루는 유목민의 목초지에도 가 보았다. 겨우살이 준비를 하느라 아낙들이 장막 안을 포근히 감쌀 펠트를 만드는 중이었다.

양털을 펼쳐 놓고 막대로 두들기니 양털이 솜처럼 뭉쳤다. 양털 솜을 깐 보자기를 긴 봉에 둘둘 말아 양쪽에서 힘껏 비틀고 또 비틀었다. 그런 뒤 질질 끌고 다니며 굴렸다. 천을 펼치니 몽글몽글하던 양털 솜이 쫀쫀한 펠트로 변해 있지 않은가. 모루는 눈이 둥그레졌다.

'두들기고 비틀고 굴리는 것만으로 저렇게 바뀌다니.'

모루는 집으로 돌아와 푹 삶아 흐물흐물해진 나무껍질을 마당 개수대 옆 빨랫돌에 놓고 방망이로 두들겼다. 그렇잖아도 흐물흐물하던 나무껍질은 뭉개져 곤죽이 되었다. 그대로 마르게 두고 다음 날 가 보았다. 종이와 닮은 구석이라곤 눈곱만큼도 없는 뭔가가 처량하게 놓여 있었다.

'나무와 종이는 도무지 닮은 구석이라곤 없어. 대체 어떻게 해야 거칠고 딱딱한 나무껍질이 매끄럽고 얇은 종이로 바뀌는 거지?'

도무지 짐작도 안 갔다. 그렇게 고민에 싸인 채로 시간만 흘러갔다. 생각이 온통 종이에만 가 있어서 잠도 설치고 먹는 것도 시들해졌다. 그런 모루가 걱정된 이만나가 집에 오는 길에 밀가루를 사 왔다. 잘게 다져 볶은 고기와 채소를 밀가루 반대기에 동글납작하게 싸서 구울 생각이었다. 이만나는 나무 그릇에 보드라운 밀가루를 붓고 물을 섞어 처덕처덕 반죽을 시작했다.

"먹어야 힘이 나서 더 열심히 연구하지."

이만나는 통통한 팔뚝으로 힘 있게 반죽을 치대면서 모루에게 말했다. 반죽이 차지게 되자 이만나는 둥글납작한 빵을 빚기 시작했다. 부뚜막 귀퉁이에 앉아 구경하던 모루가 불에 덴 것처럼 벌떡 일어났다. 이만나가 깜짝 놀라 반죽을 떨어뜨렸다.

"맞아. 이거였어. 그래서 절구가 필요했던 거야!"

모루가 소리쳤다.

나무껍질을 제아무리 삶고 두들기고 짓눌러도 종이처럼 매끄러워지거나 얇아질 리가 없는 게 당연하다.

— 삶고 두들긴 다음에 빻아서 가루로 만든다.

모루는 푹 삶고 방망이로 두들겨서 흐물거리는 나무껍질을 절구에 넣고 찧고 또 찧었다. 밀가루만큼은 아니라도 어느 정도 곱게 빻으려니 무척 힘이 들었다. 굵은 땀방울이 온몸에 줄줄 흘렀다.

모루는 빻은 가루를 이만나가 밀가루 반죽을 하던 나무 그릇에 담은 뒤 물을 부었다. 가슴이 두근거렸다. 나뭇가지로 휘휘 젓고 반죽을 만들듯 손으로 뭉쳐 보았다. 전혀 뭉쳐지지 않았다. 밀가루와 달리 점성이 없기 때문이다. 뿌연 물속에서 부유하는 가루를 모루는 망연자실해서 바라보았다. 머릿속이 텅 비어 더 이상 뭘 해야 할지 아무 생각도 나지 않았다. 모루는 나무 그릇에 든 물을 개수대에 확 끼얹어 버리고 하늘을 향해 한바탕 욕을 한 다음 자러 갔다.

다음 날 일어나려니 몸이 돌덩이처럼 무거웠다. 어깨에 달린 게 팔이 아니라 나무 작대기 같았다. 씻고 정신 좀 차리려고 개수대에 간 모루는 번개라도 맞은 듯 몸이 굳어 버렸다.

개수대 빨랫돌에 종이 비슷한 게 들러붙어 있었다.

손가락으로 살살 뜯어내야 할 만큼 얇은 부분도 있고 가루가 뭉친 채 말라서 얼룩진 부분도 있긴 했지만 분명 종이였다. 모루의 가슴이 미친 듯 뛰었다. 나무 가루를 푼 물이 납작 돌에 끼얹어졌고, 밤새 물기가 날아가자 말라붙어 투박하나마 종이가 된 것이다.

모루는 나무껍질을 가루로 빻아서 물에 고루 푼 뒤 평평한 곳에 잘 펴서 말리면 종이가 된다는 걸 깨달았다.

─고르게 펴려면 눈이 고운 발이 필요하겠어. 뭔가 더 섞어야 할지도 몰라.

"판슈, 기다려라! 모루가 간다!"

모루는 하늘을 향해 호기롭게 소리쳤다.

모루는 아직 몰랐다. 판슈를 위해 시작한 이 일이 앞으로 자신과 주위 사람들의 운명을 완전히 바꾸어 놓으리란 사실을.

2

755년. 아프라시아브 언덕에 꽃나무가 흐드러지는 봄이 왔다.

소그드 땅 최고 부자들이며 조부모 대부터 친구이자 경쟁자인 사르타바하와 아후다르 반닥, 두 사람은 대도서관 관장 압둘라 이븐 알리지와 함께 점심을 하려는 참이었다. 대도서관은 지난 몇 년 동안 부지런히 건설되고 있었다.

시원한 나무 그늘 아래 야외 식탁에는 포도주가 담긴 당삼채 술병과 하미과가 수북한 금쟁반, 아몬드와 호두와 잣과 과자들을 모양 좋게 담은 은쟁반, 싱그러운 향기를 내뿜는 아름다운 꽃으로 장식한 파란 유리 물병이 차례차례 놓였다. 한가운데 놓인 양구이에서 군침이 절로 도는 냄새가 솔솔 풍겼다.

시녀들이 식탁을 차리는 동안 늙은 시종은 초조하게 수염을 꼬며 모루가 오는지 살폈다. 사르타바하 주인님은 너그러운 사람이었으나 배고픔은 잘 참지 못했다.

다행히 곧 모루가 갓 튀긴 생선을 담은 바구니를 끌어안고 달려왔다.

키가 성큼 자라 이제 제법 사내티가 나는 모루였다. 자신만만한 태도는 여전했다. 지난해 대대적으로 인구 조사를 할 때 파란 대문 집 식구들 틈에 끼어 인두세도 냈다. 어엿한 자유민이 된 것이다.

모루는 단골인 늙은 시종에게 인사를 건네고 시녀에게 바

구니를 넘겼다. 식탁에 생선이 올려지자마자 주인들은 허겁
지겁 음식에 달려들었다.

모루는 식사가 끝나면 늘 상 치우는 걸 도왔으므로 식탁
아래 땅바닥에 덜퍼덕 앉았다. 고객들이 나누는 이야기는
세상 돌아가는 걸 알려 주는 좋은 공부였으므로 기회 닿는
대로 들으려 애썼다.

"우리 이슬람의 통치자이신 칼리프께선 사마르칸트가 페
르가몬의 명성을 이어 학문과 지혜의 꽃을 활짝 피우길 바
라신다오."

도서관 관장이 포도주를 음미하며 말했다. 그는 지식을 숭
상하는 서적 수집광이었다. 칼리프의 부로 마음껏 귀한 책
을 만들고 수집할 수 있는 자기 직책을 진심으로 사랑했다.

"어서 옛 선인들의 위대한 저작을 번역하여 도서관을 채
워 나가고 싶소. 칼리프께선 『코란』을 널리 보급하는 일도
중요하게 여기신다오. 필경사들이 더 많이 필요하오."

이게 다 무슨 이야기일까? 잘 알아들을 수 없었지만 모루
는 한마디도 놓치지 않으려 애썼다. 사르타바하와 아후다르
반닥은 의미심장한 눈빛을 주고받았다.

소그드 땅에서 기록을 위한 문자는 진작에 발달했다. 상
업을 위해 꼭 필요하기 때문이다. 하지만 당나라처럼 시를

즐기고 선인의 글을 베끼는 문화적인 수요는 거의 없었다. 문자와 종이는 주로 계약서나 재판 기록 따위에 쓰였다.

이제 세상이 바뀌었다.

이슬람 지배자들은 지식과 책을 사랑했다. 또한 알라의 말씀이 담긴 『코란』을 세상에 널리 퍼뜨리려는 신념에 차 있었다. 안팎으로 평화로운 시대에 칼리프는 도서관과 지혜의 집을 건립하고 학자와 시인을 불러들여 명예를 드높이려 했다.

사마르칸트를 시작으로 이슬람 세상에 엄청난 종이의 수요가 생길 것이다. 책 한 권의 가치가 어지간한 집 한 채의 가치와 맞먹는 때라 사르타바하와 아후다르가 군침을 삼키는 것도 당연했다.

세 사람은 무서운 속도로 음식을 먹어 치우면서 그런 이야기들을 간간이 나누었다. 발치에 있는 한 누추한 젊은이의 심장 박동이 빨라지는 것도 모르고 말이다.

"당나라 종이가 아름답고 부드러워 책 만들기에 좋다지요?"

관장이 사르타바하 쪽을 보며 계속해서 물었다.

"당나라가 서역에서 물러난 뒤로 교역에 어려움은 없소?"

"아직까진 괜찮습니다. 워낙 오랜 세월 닦인 길이니까요. 장사는 정치와 별개지 않습니까."

관장은 고개를 끄덕였다.

"사르타바하께서는 오래 당나라와 교역을 해 와서 신의도 두텁지 않소?"

"그렇습니다."

사르타바하가 검고 숱 많은 수염을 쓸며 믿음직하게 대꾸했다. 아후다르 반닥의 입 끝이 슬쩍 일그러졌다.

"언제 한번 시장에 나오실 일 있으시면 제 가게에 들러 주십시오. 최고급 당나라 종이에다 질기고 아름답기로 버금가는 신라 종이까지 다 갖춰 놓고 있으니까요. 당나라 장안의 가장 큰 제지소에서 들여오는 최고급 물건입니다."

사르타바하는 건장한 체구에 소탈한 태도를 지닌 사람이었다. 얼핏 보면 상인이라기보단 장군처럼 보였다.

"마침 이번에 『시경』 한 권을 가져왔습니다. 약소하나 저의 성의니 사양하지 말아 주십시오."

관장은 입이 귀에 걸려 싱글벙글했다. 장안의 미녀를 데려다주었어도 이보다 기뻐하진 않았을 것이다. 아후다르 반닥의 입 끝은 더욱 심통 맞게 처졌다.

도서관 소장 도서를 만들 종이를 대려는 목적은 같다 해도 경쟁에서 단연 앞서 있는 건 누가 봐도 오랫동안 당나라에서 종이를 수입해 온 사르타바하였다.

"이집트가 페르가몬에 파피루스 수출을 금지했듯, 당나라가 종이 반출을 막아 우릴 괴롭히면 어떡합니까?"

아후다르 반닥이 짐짓 심각한 목소리로 말했다. 사르타바하가 무슨 소리냐는 표정을 지었다.

체구가 건장한 사르타바하와 달리 아후다르는 고사목처럼 앙상했다. 늘어놓은 장신구를 살펴보지도 않고 손가락을 까딱여 '가장 값비싼 걸로' 가져오게 해서 주렁주렁 끼고 달고 걸친 듯 차림새가 요란했다.

나귀처럼 끝이 뾰족한 귀는 돈이 구르는 소리를 놓치는 법이 없고, 뱀처럼 섬뜩한 눈은 이익 앞에 피도 눈물도 없이 날카롭게 빛났다. 치솟은 광대 아래 볼이 움푹 팬 얼굴은 아무리 돈을 쓸어 모아도 허기를 느끼는 아후다르의 성정을 드러내는 듯했다.

하나부터 열까지 다른 두 사람에게 공통점이 딱 하나 있는데 그건 바로 서로에 대한 경쟁심이었다. 할아버지 대부터 핏속에 흐르는 거라, 점처럼 빼지도 때처럼 벗기지도 못했다. 그 경쟁심이 박차 노릇을 해 두 집안은 세월이 흐를수록 더욱 부유해졌다.

"당나라에서 무엇 때문에 그러겠는가? 페르가몬과 이집트는 왕들이 자존심 싸움을 한 것이었어. 당나라는 상업과 교역을 중시하네. 그렇지 않아도 조공 무역이 끊겨 답답한 판인데."

"그래서 하는 말이네. 지금까진 종이 수요가 크지 않았지만 앞으로는 달라도 크게 다를 텐데 적국에서 수입하는 것에만 의존해서 되겠냐 이 말이야. 당나라가 종잇값을 제멋대로 올리거나 통과세를 엄청나게 매기면 어쩔 텐가. 우리로선 손쓸 방법이 없지 않나 이 말이야."

일리가 있다 싶었는지 관장의 얼굴이 진지해졌다. 아후다르가 그런 관장을 슬쩍 곁눈질하며 말을 이었다.

"그래서 저는 페르가몬의 교훈을 따르려고 합니다."

두 사람은 무슨 소린가 싶어 아후다르의 얼굴을 멀뚱히 바라보았다.

오래전 소아시아의 페르가몬을 다스리던 왕은 이집트 알렉산드리아의 명성에 도전하기로 마음먹었다. 대도서관을 세우고 학자들과 필경사들을 불러들여 학문의 꽃을 피웠다. 페르가몬이 학자들을 자꾸 빼 가자 심기가 불편해진 이집트 왕은 페르가몬에 파피루스 수출을 금지해 버렸다. 그때까지 책은 오로지 파피루스로만 만들었다. 자존심이 상한 페르가

몬의 왕은 파피루스 대신 다른 것으로 책을 만들 수 없을까 고민을 거듭했다.

페르가몬의 유목민들은 말린 가죽 조각에 가축의 수 따위를 기록해 두는 습관이 있었다. 그때까지 매끄러운 파피루스 두루마리만 책으로 생각했던 사람들에게 짐승의 가죽으로 책을 만든다는 생각이 선뜻 떠오르지 않았을 뿐이었던 것이다. 궁하니 통한다고 그렇게 해서 탄생한 게 양피지였다.

책을 만들고 보니 두루마리처럼 말아야 하는 파피루스와는 달리 양피지는 적당한 크기로 잘라 묶을 수 있으니 읽기에도 보관하기에도 훨씬 좋았다.

"자네 말은 그러니까 우리도 양피지를 직접 생산하자는 이야긴가?"

사르타바하가 물었다. 아후다르가 고개를 끄덕였다.

"뿔뿔이 흩어진 유목민들에게 양을 사야 하는데, 그것도 쉬운 일은 아니야. 자네도 알다시피 웬만한 책 한 권을 만들려면 적어도 양 열 마리는 드네. 엄청난 수의 양이 필요할 텐데 그걸 다 어디서 산단 말인가?"

사르타바하가 차분하게 반박하는 말에 관장이 고개를 주억거렸다. 아후다르의 눈이 차갑게 빛났다.

"내가 그 생각을 못 했겠나? 이 아후다르는 한번 마음먹으면 통이 보통 큰 사나이가 아니랍니다, 관장님. 이미 사방으로 사람을 보내어 어미 양이 낳을 새끼들을 몽땅 계약해 두었습니다. 강 너머 제 목화 농장을 목초지로 바꿀 겁니다. 올해 목화 수확이 끝나면 바로요. 울타리를 치고 양들을 방목하는 거지요. 한꺼번에 양 떼 수천 마리를 방목하면 또 알아서 새끼를 낳을 테니 앞으로 힘겹게 양을 구하러 다닐 필요가 없지요. 양피지 작업장도 페르가몬 뺨치게 지을 생각입니다. 이미 한 곳을 부하라 가는 길목에 시범적으로 운영하고 있지요. 아, 서운해하진 말게, 이 친구야. 일부러 숨긴 건 아니라네."

사르타바하의 얼굴빛이 변한 걸 보고 고소해 죽겠는지 아후다르가 통쾌하게 웃어 젖혔다.

"사마르칸트의 기름진 땅은 신의 은총이야. 암, 그렇고말고. 뿌리 없는 것들이나 양 떼를 치며 사는 거지, 쯧쯧."

늙은 시종은 뒷정리를 지휘하면서 뭐가 못마땅한지 내내 투덜댔다. 그 노인네의 하늘은 사르타바하 님이었고, 그 하늘에 낀 재수 없는 먹구름이 아후다르 반닥이었다. 그러거나 말거나 뒷정리를 돕는 모루의 머릿속은 온통 '종이' 두 글자로 소용돌이쳤다. 늘 마음을 들뜨게 했던 어린 시녀의 예쁜 미소도 눈에 들어오지 않을 지경이었다.

지난 삼 년 동안 모루는 판슈를 위해 꾸준히 종이를 만들어 왔다. 악사와 넝마주이는 안마당 한쪽에 모루를 위해 아담한 공방을 지어 주었다. 모루는 집으로 돌아오면 공방에 박혀 종이 만드는 일에 몰두했다. 또 발로 뛰며 수소문한 끝에, 한때 잠깐 제지소에서 일했다는 사람을 찾아냈다. 모루는 그에게서 종이의 결합력과 탄성을 높이는 데 필요한 지식을 얻었다. 몇 가지 풀을 끓인 물을 쓰면 되는데 그 풀을 이 땅에서 구하기 어렵다는 게 문제였다. 모루는 처음 종이 비슷한 걸 얻던 날, 이만나가 밀가루 반죽을 하던 기억을 살려 밀 전분을 사용해 보았다.

처음으로 모루가 건넨 종이를 받아 든 판슈는 기뻐하며 무얼 그릴까 궁리했다. 판슈는 스승에게서 초상화 그리는 법을 배웠었다. 당시 당나라의 풍경화 화풍은 관념적인 산수화였지만 초상화는 눈앞에 살아 있는 듯 생생하고 정밀하게 그리는 게 유행이었다.

판슈는 허락을 받아 숙소를 함께 쓰는 동료들의 얼굴을 그리기 시작했다. 이곳에 온 뒤로 판슈는 사람들과 친해지지 못했었다. 그림을 그리려면 마주한 얼굴을 직시해야 하는데 두렵고 긴장되었다.

"가만있으면 지루하실 테니 그림 그리는 동안 재밌는 얘기나 들려주세요."

판슈의 부탁에 사람들은 이런저런 사는 얘기나 우스갯소리를 들려주었다. 그러면서 저도 모르게 웃는 얼굴을 판슈는 익살을 섞어 생생하게 그렸다.

"야, 이거 정말 살아 있는 것 같네. 나 아는 사람들은 누가 봐도 알아보겠어."

사람들은 판슈의 그림을 보고 무척 좋아했다. 그림을 본 사람들이 자기도 그려 달라며 판슈를 찾기 시작했다.

저마다 다르게 생긴 얼굴을 마주하고, 그 얼굴이 들려주는 이야기를 들으면서 정성껏 그림을 그리는 사이에 판슈는 차츰 웃음을 되찾아 갔다.

모루는 판슈가 자유민이 되면 화가로 이름을 날릴 거라고 믿어 의심치 않았으므로 더 나은 종이를 만들기 위해 노력했다. 파란 대문 집 식구들은 돈밖에 모르는 녀석이 돈도 안 되는 일에 열성이라고 놀려 대곤 했다. 그렇게 보낸 삼 년이었다.

집으로 돌아오는 모루는 뭐에 홀린 사람 같았다.

아무나 아후다르 반닥처럼 유목민의 양 떼를 잔뜩 사들여 목화밭을 밀고 방목하진 못한다. 사르타바하처럼 대상 행렬을 보내 종이를 수입해 오지도 못한다.

'하지만 지금 나에겐 종이를 만드는 기술이 있지 않은가.'

모루는 가슴이 마구 뛰기 시작했다.

두 부자가 큰 이익을 얻는 대신 큰 투자와 위험을 감수해야 한다면, 모루는 소박하지만 알차게 해 나가면 될 일이었다.

모루는 이 기쁜 소식을 판슈에게 알려 주려고 미친 듯이 내달리기 시작했다.

모루가 집으로 돌아오니 나무 그늘에 헌 옷 더미를 쌓아 놓고 일하던 이만나가 반갑게 맞았다. 이만나는 식당 일을 그만두었다. 일의 시작은 이랬다.

일 년 전 어느 날 넝마주이 누스탐은 쓰레기터에서 꽤 쓸 만한 드레스 한 벌을 건져 이만나에게 선물했다. 이만나는 얼굴을 붉히며 옷을 받아 들더니, 그 헌 옷과 자기가 가진 옷을 활용해서 새 옷 한 벌을 뚝딱 만들었다. 한창때 입던 무희 옷처럼 화려하고 몸에 딱 붙는 옷이었다. 옷 속의 몸은 그 때보다 세 배쯤 부풀긴 했지만.

이만나가 그 옷을 입고 춤을 추는 순간, 누스탐에게 신기한 일이 일어났다. 바로 귀 옆에서 악사 테비시가 세타르를 켜는 것처럼, 오래된 사랑 노래가 머릿속에 울려 퍼지는 것이었다. 수천수만 년 동안 인류의 수컷에게 일어났던 그 일이 드디어 누스탐에게도 닥쳐온 것이었다.

그로부터 한 달 뒤 악사 테비시가 얼근히 취해 집으로 돌아오는데 뚱뚱한 이만나와 빼빼 마른 누스탐이 다정하게 팔짱을 끼고 골목길을 산책하고 있는 게 아닌가. 테비시는 기절할 듯 놀랐지만 어쩌겠는가. 인생이 그에게 못 볼 꼴을 한두 번 보여 준 것도 아니고 그저 적응할 수밖에.

그렇게 넝마주이 누스탐과 이만나는 삶의 동반자이자 동업자가 되었다. 넝마주이가 괜찮은 헌 옷을 모아 오면, 이만나는 깨끗이 빨아 말려 자기 취향을 한껏 반영한 새 옷을 지어 냈다. 시장에 내놓았더니, 뜻밖에 여자들에게 인기가 있어서 꽤 잘 팔렸다. 일이 바빠지자 악사도 일을 거들어야 했다. 그 덕분에 술에 취해 있는 저녁이 줄었다. 취하지 않았을 때의 악사 테비시는 괜찮은 연주자여서 세타르의 선율이 울려 퍼지면 이웃들의 악다구니도 잠잠해지곤 했다.

그렇게 파란 대문 집의 저녁은 평화롭고 부드럽게 흘러갔다. 그해 겨울 당나라에서 소그드 출신 안녹산이 난을 일으켰다는 소문이 대상들을 통해 전해져 왔다. 그때까지만 해도 그건 먼 나라 불구경일 뿐이었다.

756년 늦여름. 시간은 잘도 흘러 목화의 첫 수확이 시작되었다. 목화 수확은 아직 더위가 가시기 전부터 시작해 눈 내리는 겨울까지 이어졌다.

모루는 배달을 가다가, 병사들에 이끌려 줄지어 걸어가는 제분소 일꾼들을 보았다. 목화밭에 가는 모양이었다. 목화 수확기가 오면 가능한 모든 일손을 동원하는 게 이곳에선 자연스러운 풍경이었다. 누군가 모루를 알아보고 손을 흔들었다. 그런데 어깨가 축 처지고 목소리에 힘이 없는 게 이상했다.

"우리 다른 데로 가."

"예? 그게 무슨 말입니까?"

"사르타바하 님이 제분소를 양피지 작업장으로 바꾼다는구먼. 목화 수확이 끝나면 저 너머 목화밭을 밀고 양 방목장을 만든다나. 높은 사람들 하는 일은 알다가도 모르겠지만 하나는 알지. 날벼락은 늘 우리 같은 놈 머리 위에 떨어진는 거."

함께 걷던 사람이 어두운 얼굴로 거들었다.

"목화밭에서 일하는 노예들도 날벼락 맞기는 한 처지야. 살다 살다 짐승한테 내 밥그릇 뺏기는 날도 오네그려."

모루는 가슴이 턱 막히고 다리가 꺾였다. 빙빙 도는 머리를 두 손으로 부여잡고 지난해 봄 아프라시아브 언덕에서 들었던 대화들을 떠올리려 애썼다. 그때 아후다르 님과 사르타바하 님이 뭐랬더라? 대체 일이 어떻게 돌아가고 있는 건가?

모루는 일꾼들의 우두머리인 십장을 찾아 이 사람들이 다 어디로 가게 되느냐고 물었다. 십장은 울적한 얼굴로 고개를 저었다.

"모르겠다. 우리 제분소는 가장 노른자원데 아후다르 님 소유가 된다더군. 사르타바하 님과 무슨 거래가 있었던 모양이야."

십장은 모루의 눈을 피하면서 들릴락 말락 하게 중얼거렸다.

"아마 아후다르 님의 청옥 광산으로 가게 될 거다. 네이샤부르에 있는…… 거긴 늘 사람이 부족하니까."

그 악명 높은 광산이라면 모루도 알았다. 또한 '늘 사람이 부족하다.'라는 말의 뜻도 잘 알았다.

모루는 사르타바하의 늙은 시종을 찾아갔다. 시종도 티나게 풀이 죽어 보였다.

"지난겨울에 안녹산인가 뭔가 하는 놈이 당나라에서 반

란을 일으킨 건 자네도 들어서 알 걸세. 나라에서도 힘을 못 쓰고 점점 세력이 불어만 간다는군. 그 바람에 서역 길엔 통신경을 쓸 수가 없게 된 거지. 상인들을 보호해 주던 군대도 다 철수했고. 그러니 어떻겠나. 그동안 호시탐탐 노리던 티베트가 길을 막아 대상들은 위구르 땅으로 들어갈 수밖에 없다네. 길은 더 험한데 도적들은 설치고 위구르 놈들은 통행세를 어마어마하게 물리니……."

늙은이는 힘줄이 불거진 손으로 바스라질 듯한 수염을 쓰다듬었다.

"이제 대상들의 호시절은 끝난 거야. 끝났고말고. 생각이나 했겠나. 소그드 땅에서 난 종자가 소그드의 수백 년 젖줄을 말라붙게 할 줄을."

시종은 한숨을 쉬었다. 주인의 고뇌는 곧 그의 고뇌였다.

"풀 먹는 짐승은 풀 먹는 짐승대로, 고기 먹는 짐승은 고기 먹는 짐승대로 나름의 고충이 있다네. 굴욕적인 거래를 하는 한이 있어도 아후다르가 양피지 생산을 독점하게 둘 순 없다네."

사르타바하는 뒤늦게 양피지로 방향을 돌리는 바람에 양 확보에서부터 난관에 부딪혔다. 아후다르 반닥이 이미 근방 유목민들과 양 매매 계약을 다 해 놓았던 것이다.

결국 사르타바하는 아후다르의 조건을 받아들여야 했다. 새끼 양의 공급과 노른자위 제분소를 맞바꾸기로 한 것이다. 아후다르는 물목 좋은 그 제분소를 양피지 작업장으로 바꿀 속셈이었다. 시기는 마지막 목화 수확이 끝나는 시점으로 잡았다.

"주인님께서 제대로 한 방 맞으신 셈이지."

늙은 시종은 머리를 절레절레 흔들었다.

모루는 새벽까지 이 거리 저 거리를 쏘다녔다. 야경꾼들을 피해 어둠 속으로 숨어들 때마다 막막한 절망감이 녹슨 못처럼 가슴을 후볐다.

모루가 집으로 돌아오자 무희와 넝마주이와 악사가 한꺼번에 마당으로 뛰어나왔다. 눈을 비비거나 하품을 하며 자다 깬 척했지만 사실 아무도 잠들지 못했었다. 모루는 그들을 바라보다가 작게 흐느끼기 시작했다. 세 사람은 번개라도 맞은 듯 놀랐다. 넝마주이 누스탐이 누구보다 충격을 받았다. 오 년 전, 시장 바닥에서 어린 모루가 자기 손을 꽉 쥐고 상인에게 대든 순간부터 모루는 그에게 마음의 지주였던 것이다.

넝마주이는 모루의 손을 잡고 개수대로 데려가 아이처럼

얼굴을 씻겼다. 이만나는 죽을 끓이려고 불씨를 묻어 둔 아궁이에 불을 지폈다. 악사는 낡은 담요를 들고 나와 밤새 식은 모루의 몸을 감싸 주었다.

"무슨…… 일이냐?"

따뜻한 죽을 떠먹는 모루를 가만히 보다가 누스탐이 조심스럽게 물었다.

"제분소가 팔린답니다……. 판슈가 청옥 광산으로 끌려갈 거래요."

죽 위로 모루의 눈물이 툭 떨어졌다.

"그때 전 탈라스에서…… 도망쳤어요. 전날 밤 성 수챗구멍으로 빠져나왔지요. 판슈는 같은 부대가 아니라 데리고 나오질 못했어요."

세 사람은 가슴이 먹먹해 아무 말도 못 했다.

"그래서 난 밖에 있고 판슈는 안에 있는 거예요."

모루는 주먹으로 눈물을 훔치며 중얼거렸다.

"내가 어떻게든 할 거예요. 어떻게든."

이만나는 불의 신을 모신 아궁이 쪽을 향해 머리를 조아렸다. 불의 신이 잠든 밤에는 모든 게 더 암담하게 느껴지기 마련이다. 아침이 오면 불의 신이 하루분의 용기를 데워 나눠 주신다. 그래서 사람들의 심장이 다시 힘을 내어 뛰는 것

이다. 이만나는 사랑하는 청년이 절망하지 않도록 용기와
지혜를 주십사고 간절히 기도했다.

  제분소로 향하는 모루의 가슴이 두근거렸다. 자기 모르게
판슈와 사람들이 떠나 버렸을까 겁이 났다. 아직 목화 수확
이 끝나려면 한참 멀었다는 걸 아는데도 그랬다. 웅성대는
소리가 안에서 들려오고 사람들 머리통이 보이기 시작해서
야 불안한 두근거림이 가라앉았다. 모루는 담벼락에 기대
어 판슈를 기다렸다. 수년 동안 한결같은 자리라 흙벽돌조
차 모루를 기억하는 듯 편안하게 몸을 받쳐 주었다. 일을 끝
낸 사람들이 하나둘 마당으로 나오면서 모루에게 알은척을
했다.
  이윽고 판슈가 나왔다. 둘은 담을 사이에 두고 손을 잡
았다.
  "왜 그렇게 빤히 보냐?"
  한참 동안이나 두 사람 사이에 침묵이 흐르다가 모루가
불쑥 물었다. 판슈는 미소 지었다.
  "생각해 보니 너를 그린 적이 없더라고. 여기 사람들 다
그렸는데. 광산에 가게 되면…… 못 볼 테니까 한 장 그려
가려고."

모루는 그만 고개를 돌려 버리고 말았다.

"왜…… 왜 싫어? 그래, 넌 광산에 끌려가지 않을 테니까 내 마음이 어떤지 모르겠지."

판슈의 목소리가 떨렸다.

"이 바보야! 그게 무슨 소리냐?"

"그래, 난 바보다. 너처럼 달아나지도 못했으니까. 넌 똑똑하니까 내 몫까지 잘 먹고 잘 살아라."

모루가 주먹을 꽉 쥐었다. 판슈의 눈에 굵은 눈물방울이 맺혔다.

"나는 네가 밉다. 너 때문에 다시 살고 싶어졌단 말이다. 결국 이렇게 될 것을."

판슈는 주먹으로 눈물을 닦았다.

"너는 아무 데도 안 가! 내가 약속했잖아. 너를 구해 주겠다고. 나는 한다면 하는 놈이야!"

"네가 무슨 힘이 있다고? 그놈의 큰소리 좀 그만 쳐라. 괜한 희망 품게 하지 말란 말이다!"

판슈는 땅바닥에 주저앉았다. 모루는 담 너머로 몸을 들이밀며 잡은 손을 놓치지 않으려 애썼다.

"억울하다."

판슈가 눈물을 흘리며 중얼거렸다.

"우리 같은 놈들에게 왜 마음 따위가 있어서 이렇게 무섭고 아프냐? 왜 이렇게 미련이 남냐? 나는 그게 너무 억울하다."

모루의 눈에도 분노의 눈물이 맺혔다. 수차 돌아가는 소리만이 침묵을 뚫고 점점 크게 들려왔다.

"모두 비켜라, 비켜! 수레 나가는 데 거치적대지 말고 비켜라!"

건장한 사내들이 커다란 수레를 밀고 나오면서 고함을 질렀다. 수레 안에는 갓 빻은 햇밀이 담긴 대마 자루가 차곡차곡 쌓여 있었다.

수차…… 밀…….

모루의 머릿속에 한 생각이 번개처럼 스쳐 갔다.

"왜 이 생각을 못 했을까? 판슈, 사람들을 구할 방법이 생각났어. 사르타바하 님을 만나러 간다, 기다려!"

모루는 어리둥절해하는 판슈를 뒤에 남겨 두고 바람처럼 달려갔다.

사르타바하의 가게는 그 위용을 보나 취급하는 물품을 보나 모루 같은 사람이 발을 들여놓을 곳이 아니었다. 높은 천장을 받친 기둥과 벽은 화려한 문양의 타일로 장식했고, 진열대를 가득 채운 수입품들은 하나같이 진귀하고 값비싸 보였다. 통로를 오가는 사람들도 그에 못지않게 세련된 차림이었다. 그러나 모루는 사르타바하가 나타나면 할 말을 머릿속으로 곱씹느라 멀리서 점원이 의심 가득한 눈으로 자기를 노려보는 줄도 몰랐다.

모루는 손에 든 걸 초조하게 만지작거렸다. 사르타바하에게 보여 주려고 들고 온, 직접 만든 종이였다. 더 좋은 종이를 만들기 위해 오랫동안 연구하고 밭품을 팔아 어디 내놔도 빠지지 않는 종이라고 자부했다. 모루는 돌돌 말아 온 종이를 소중하게 품에 안고 가게 안을 서성거렸다.

모루는 종이 진열대 앞에서 걸음을 멈추었다. 당삼채 항아리에 빛깔이 은은한 견본 종이들이 돌돌 말려 수북이 꽂혀 있었다. 모두 사막과 오아시스를 건너온 귀한 종이들일 터였다. 모루는 종이들을 꼼꼼하게 살펴보았다.

"그 손에 든 건 뭐지?"

언제 다가왔는지, 체구가 건장한 점원이 모루 앞을 턱 막아섰다. 모루는 저도 모르게 종이를 안은 팔에 힘을 주며 한발 뒤로 물러났다. 점원이 커다란 손을 뻗어 모루의 품에서 종이를 단숨에 빼앗았다.

"왜 이러는 거요? 그건 내 거요. 이리 내놔요."

모루가 화가 나서 소리쳤지만 점원은 들은 척도 하지 않았다.

"수상쩍다 했더니 감히 사르타바하 님 가게에서 도둑질을 해? 네놈이 죽고 싶어 환장을 했구나!"

점원의 고함 소리에 사람들이 모여들었다. 모루는 뜻밖의 일에 당황했다.

"훔치다니요? 이건 내 거라니까! 내가 만든 거라고!"

점원은 코웃음을 쳤다.

"손님들, 이 새파란 도둑놈이 제가 종이를 만들었대요!"

사람들이 왁자하게 웃음을 터뜨렸다. 모루는 아차 싶었다. 세상엔 사람들이 절대로 믿지 못하는 진실이 있는 것이다.

"위병을 불러요, 어서!"

모루는 사람들을 뚫고 달아나려고 했다. 하지만 사람들이 합심하여 길을 막고 점원이 모루의 뒷덜미를 낚아챘다. 점원이 날린 주먹에 모루가 얼굴을 맞고 쓰러지자 사람들이 몰려들어 발로 차고 밟았다.

"이게 무슨 소란이냐?"

모루의 머리 위에서 남자 목소리가 들려왔다. 사람들이 주춤한 틈을 타 모루가 고개를 쳐들어 보니 그 사람은 뜻밖에도 아후다르였다. 그는 사르타바하가 없을 때도 가게에 들러 매 같은 눈으로 이곳저곳을 살피곤 했다. 일종의 적진 정탐이랄까. 사실 그는 이 소동을 처음부터 지켜보고 있었다. 바닥에 뒹구는 모루의 종이를 집어 올려 유심히 살펴보기도 했다.

"아, 아후다르 님! 글쎄, 이 도둑놈이 귀한 종이를 훔쳐 달아나려고 하지 뭡니까?"

점원이 의기양양하게 떠들었다.

"훔친 게 아냐! 진짜 내가 만든 종이라고!"

모루가 소리쳤다.

아후다르가 모루에게 몸을 굽히고 나직이 물었다.

"네가 정말 이 종이를 만들었다는 게냐?"

"그렇습니다."

아후다르는 모루의 눈을 꿰뚫을 듯 들여다보았다.

"거짓말은 금세 들통난다. 도둑은 손이 잘리거나 노예가 된다는 걸 알고 있지?"

"거짓말이 아닙니다."

"그래, 알았다. 내가 구해 주마. 조용히 따라오너라."

아후다르는 몸을 일으키더니 사람들에게 다 들리도록 큰 소리로 말했다.

"장사하는 곳에서 소란 떨지 마라. 이 녀석은 내가 가는 길에 위병에게 넘기겠다."

"그래 주시면 감사할 따름이지요."

점원이 고개를 몇 번이고 조아렸다. 아후다르의 호위병들에게 양팔을 붙들린 꼴로 모루는 시장통을 벗어났다. 한눈에도 혈통 좋아 보이는 말 두 필이 끄는 마차가 기다리고 있었다.

"타라. 태워 주마."

모루는 지치기도 했고 은인의 호의를 거절하기도 어려워 마차에 올랐다. 그제야 종이를 가게에 두고 왔다는 생각이 났지만 별수 없었다.

"그래, 네가 만들었다는 종이 이야기를 더 듣고 싶구나. 어떻게 종이를 만들게 된 거지?"

마차가 움직이자 아후다르가 입가에 미소를 머금고 물었다. 모루는 아후다르와 사르타바하가 야외에서 점심을 함께 들던 기억이 났다. 둘이 친구 사이라면 만나게 해 줄 수도 있겠다 싶었다. 늙은 시종에게 가서 말해 봤자 씨도 안 먹힐 거 같아 직접 만나려 했는데, 이 사람은 늙은이보다야 말귀가 통할 것 같았다.

모루는 어떻게 종이를 만들게 되었는지, 종이를 가지고 사르타바하를 만나러 온 이유가 뭔지 조리 있게 얘기하려 애썼다. 이야기를 듣는 아후다르는 놀란 표정이 역력했다. 마차는 번화가를 벗어나 인적 드문 황톳길을 달리고 있었다.

"그러니까 종이를 대량 생산하는 게 가능하니 양피지를 만들 필요가 없다, 그런 말이구나."

"그렇습니다. 큰 변화 없이 더 큰 이익을 얻을 수 있어요. 목화 농장을 갈아엎을 필요도 없고 제분소를 팔지 않아도 되지요. 제 얘길 들으시면 사르타바하 님도 좋아하실 겁니다. 그런데 여기가 어딥니까? 저희 집 방향이 아닌데요."

아후다르가 모루를 바라보았다. 속을 알 수 없는 표정이었다. 마차가 단단한 벽돌로 벽을 두른 건물 안으로 들어섰다. 꼭 감옥 같군, 하고 모루가 생각한 순간 역하고 묵직한 냄새가 훅 끼쳐 왔다.

허연 가죽이 겹겹이 물에 잠긴 돌 수조가 맨 먼저 눈에 들어왔다. 가죽을 팽팽히 당겨 놓은 나무틀들도 줄지어 서 있었다. 가죽을 옮기거나 둥근 칼로 무두질하는 노예들의 피부 또한 물에 잠긴 가죽처럼 핏기라곤 없었다.

"여긴······."

모루가 목소리를 낮췄다. 등줄기가 서늘했다.

"내 양피지 작업장이다. 일손이 늘, 부족하지."

아후다르가 입 끝을 올려 웃었다. 모루는 오싹 소름이 끼쳤다.

"죽는 것보다야 노예가 되는 게 낫겠지? 은혜를 베풀었으니 열심히 일해라. 재주가 있으니 일이야 금세 배우지 않겠느냐."

"뭐라고? 난 도둑질하지 않았어! 당신도 알잖소! 노예가 될 이유가 없다고!"

모루가 악을 썼다.

"그걸 누가 안단 말이지? 응? 네 녀석 하나 흔적 지우는 건 내게 일도 아니다. 빨리 받아들이는 게 좋을 거다. 발버둥 쳐 봤자 소용없으니. 우리 노예 십장은 주로 채찍으로 다스린다."

아후다르의 눈이 뱀처럼 차갑게 번쩍였다.

"네 말대로 사르타바하가 계획을 바꾼다면 내 사업에도 심각한 지장이 생긴단 말이다. 버러지 한 마리가 제 분수도 모르고 설쳐 대면 밟아 버리는 수밖에."

아후다르가 손가락으로 딱 소리를 내자 덩치가 산만 한 흑인이 건물 안에서 나왔다. 모루는 소리 지르고 발버둥 쳤지만 그 대가로 두들겨 맞고 발목에 족쇄가 채워졌을 뿐이었다.

3

돌바닥에서 올라오는 냉기에 밤새 움츠렸던 몸을 펴자 우두둑 소리가 났다. 모루는 손을 뻗어 흙벽에 그어 놓은 빗금을 만졌다. 열 손가락을 꼽을 때마다 하나씩 그은 빗금이 어느새 다섯 개. 곧 여섯 개가 된다. 이곳에 끌려온 지 어느새 오십 일을 훌쩍 넘겼다는 뜻이다. 이제 수확이 거의 끝나 가는 목화밭엔 서리가 내려앉겠지.

어둠에 눈이 익자 여기저기 쓰러져 잠든 노예들이 보였다. 깔개나 이불 따윈 없었다. 그저 작업하고 남은 자투리 가죽들을 얻어다 얼기설기 깐 게 다였다.

차갑게 가라앉은 공기를 흔들며 종소리가 울려 퍼지자 노예들이 웅크린 몸을 일으켜 밖으로 나갔다. 조금이라도 꾸물거렸다간 채찍에 살점이 떨어져 나가게 된다. 모루는 맨 뒤에서 꼿꼿이 몸을 세운 채 걸었다.

모루는 이곳에서 유일하게 바깥과 이어진 하늘을 올려다보았다. 높고 새파란 하늘이 파란 대문 집 식구들을 떠오르게 했다.

돌아오지 않는 나를 찾아다녔겠지. 어디에도 내가 없어

슬퍼했겠지. 그러다 이젠 체념했을까.

모루는 목구멍으로 울컥 치밀어 오르는 슬픔을 되삼키며 제 팔을 세게 꼬집었다. 아픔이 모루를 현실로 돌려세웠다. 팔 여기저기가 시퍼렇게 멍들어 있었다. 모루는 고개를 빳빳이 치켜들었다.

너른 마당은 크게 세 구역으로 나뉘었다. 가죽 씻는 곳, 털과 살점 미는 곳, 말리는 곳, 그리고 그 과정이 다 끝나면 마지막 작업을 위해 실내 작업장으로 옮겼다.

노예 숙소 쪽에 가죽을 씻는 세피장과 거대한 수조 두 개가 있었다. 수조 하나에는 아직 털 제거 작업을 하지 않은 가죽을 담가 두었고, 나머지 하나에는 처음 담글 때 섞은 라임액을 헹궈 내기 위해 맑은 물이 담겨 있었다.

마당 중앙에는 가죽에서 털과 살점을 제거하는 작업을 하는 통나무 틀들이 죽 늘어서 있었다. 물에 젖은 가죽을 운반하는 일과 더불어 가장 힘든 작업 과정이었다. 그 옆에는 털을 제거한 가죽을 팽팽하게 당겨 말리는 건조 틀이 있었다. 이런 과정이 모두 끝나면 잘 마른 가죽을, 자유민 장인들이 일하는 작업장 안으로 옮겼다.

실내 작업장에서는 경석으로 가죽 표면을 매끄럽게 다듬고, 규격에 맞게 자르는 따위 섬세한 마무리 작업을 했다.

피 묻은 살점과 털이 붙은 가죽을 옮기는 일부터 시작한 모루가 마침내 실내 작업장에서 장인들을 도와 일하게 되는 데 한 달이 걸렸다. 족쇄를 떼어 낼 만큼 신뢰를 얻는 데는 보름이 안 걸렸고.

노예들을 공포로 제압하는 건 거인 같은 흑인 노예 십장이었지만, 이 안의 일을 총괄하는 건 출퇴근하는 자유민 장인이었다.

오랫동안 종이를 만들어 온 모루의 꼼꼼하고 예사롭지 않은 솜씨, 꾀부리지 않는 성실함이 그들 눈에 안 띄려야 안 띌 수가 없었던 것이다. 많은 보수를 약속받고 페르가몬에서 넘어온 장인들은 맨 천둥벌거숭이 노예만 있고 숙련공이 없는 작업 환경이 무척 짜증 나던 참이라 모루를 보물처럼 여겼다.

모루는 잘 마른 가죽을 한 아름 실은 작은 외바퀴 수레를 밀며 작업장 안으로 들어갔다. 오늘은 자유민 장인들이 쉬는 날이라 당번 한 사람만 작업장 안에 있었다.

"어, 모루 왔냐? 어제 술을 너무 펐더니 못 견디겠다. 난 한숨 잘 테니, 저기 쌓인 거 마무리 작업 마저 끝내고, 마름질 좀 해라. 규격 칼같이 맞춰야 돼."

"네, 그럼요. 걱정 마세요."

모루가 선선히 대답했다.

바깥마당에는 노예들이 일개미처럼 분주하게 오갔지만, 낮에도 네 귀퉁이에 등을 켜는 실내 작업장 안은 감시병도 신경 쓰지 않았다. 장인들은 모두 자유민인 데다, 긴 직사각형의 환기창이 하나 있을 뿐, 마당으로 통하는 입구 말고는 단단한 흙벽돌로 둘러싸인 밀실과 다름없었기 때문이다.

곧 요란하게 코 고는 소리가 들려왔다. 당번 장인이 누가 업어 가도 모를 정도로 곯아떨어진 걸 확인하자 모루는 조심스럽게 가죽을 닦던 경석을 들고 일어섰다. 긴 가로대를 박아 놓은 환기창으로 다가갔다. 가로대와 창틀의 한쪽 접합부를 경석으로 치자 가로대가 떨어져 바깥쪽으로 밀렸다. 손으로 미니 호리호리한 사람 하나가 빠져나갈 틈이 생긴다. 모루는 그동안 틈만 나면 박은 자리가 헐거워지게 경석으로 치곤 했다. 코 고는 소리가 뚝 그쳤다. 모루는 긴장한 눈빛으로 뒤를 돌아보았다. 당번 장인이 몸을 뒤치느라 잠시 코골이가 멈춘 것뿐이었다. 그는 다시 드르렁드르렁 코를 골기 시작했다.

모루는 한숨을 길게 내쉬더니 윗도리를 벗어 올렸다. 마르고 단단한 몸에 가죽띠가 친친 감겨 있었다. 추위를 막으려고 자투리 가죽을 대충 이어 몸에 감는 건 노예들에게 흔

128

한 일이었다. 모루가 가죽을 풀어 나가니 제법 긴 줄이 되었다. 모두 잠든 밤에 튼튼하게 잇고 묶어 만든 밧줄이었다.

모루는 가죽 밧줄을 가죽 보관용 선반 다리에 묶고 환기 창 밖으로 늘어뜨렸다. 그런 다음 창틀을 양손으로 짚고 상체를 걸쳤다. 상반신이 순식간에 허공에 떴다.

지대가 높은 곳에 있어 바깥벽은 낭떠러지나 다름없었다. 모루는 벽과 닿아 있는 길을 멀리까지 날카로운 눈으로 살폈다. 인적이 드문 외진 곳이지만 늘 만약의 경우란 있기 마련이었다. 다행히 아무도 안 보였다.

모루는 다리부터 창으로 빠져나간 뒤 줄을 단단히 붙들고 발가락으로 벽돌 틈을 지지하면서 조심스럽게 아래로 내려 갔다. 추운 날씬데도 긴장으로 비지땀이 솟았다. 얼마나 절치부심하면서 이날을 기다렸던가. 모루의 머릿속은 늘 여길 빠져나가 판슈를 구해야 한다는 생각뿐이었다.

밧줄이 다했는데 아직 발이 땅에 닿지 않았다. 모루는 아래를 내려다보았다. 사람 키 정도 높이가 남아 있었다. 모루는 숨을 들이마신 뒤 줄을 놓고 아래로 뛰었다. 발이 땅바닥에 닿는 순간 몸을 둥글게 굴려 충격을 줄였다. 일어서자 발목이 약간 시큰거렸지만 견딜 만했다. 어정거릴 때가 아니다. 어서 빨리 이곳에서 벗어나야 한다. 경비병이 지키는 정문은 모퉁이를 돌아야 있지만, 탁 트인 이 길에도 언제 사람이 나타날지 모른다.

모루는 뛰기 시작했다. 그때였다.

아래쪽 길에서 마차가 달려왔다. 길 끝엔 작업장밖에 없으니 여길 오는 사람일 터. 뒤로는 경비병이 버틴 정문뿐이다. 위기였다. 모루는 새처럼 하늘로 솟구치거나 땅으로 꺼지기라도 했으면 싶었다.

모루가 이럴까 저럴까 망설이는 사이에 마차는 순식간에 코앞으로 달려와 멈췄다. 다시 볼까 무서운 얼굴, 아후다르반닥이 호위병들과 함께 내려섰다. 모루는 달아나 볼까 생각도 해 봤지만 맨다리로 말을 이길 수는 없었다.

"이게 누구야? 쥐새끼처럼 달아나는 노예가?"

아후다르가 뱀처럼 차가운 눈으로 싱글거리며 모루를 노려보았다. 모루도 마주 노려보았다.

"어떡할까요, 주인님?"

호위병이 칼을 뽑아 들고 당장이라도 베어 버릴 기세로 물었다.

"끌고 들어가자. 탈출을 시도하면 어떤 대가를 치르는지 본보기로 삼아야지. 경비병 놈들도 경을 쳐야겠군. 때마침 내가 오지 않았다면 이 버러지를 놓칠 뻔했잖아."

몸부림치며 끌려 들어간 모루는 가죽 틀에 사지가 묶였다. 흑인 노예 십장이 휘두르는 채찍 소리가 음습한 공기를 갈랐다.

"노예가 달아나다 잡혔다. 다들 일 멈추고 모여."

겁먹은 노예들이 웅성웅성 모여들었다. 가죽 삶은 물처럼 끈적한 긴장이 안마당에 감돌았다. 자다 깨서 뒤늦게 뭐가 어떻게 돌아가는지 파악한 당번 장인이 제 손가락을 비틀며 어쩔 줄 모르겠는 표정으로 서 있었다.

아후다르가 경멸 어린 미소를 머금고 모루를 지긋이 바라보았다. 모루도 아후다르를 쏘아보았다.

"궁금하지 않으냐, 이제부터 무슨 일이 일어날지?"

"나를 죽여라."

모루가 이를 갈면서 뱉듯이 말했다. 아후다르가 입 끝을 일그러뜨리더니 큰 소리로 웃었다. 아후다르의 소름 끼치는 웃음소리에 마당의 정적이 일렁였다.

"버러지 주제에 여전히 주제를 모르고 건방지구나. 버러지에게 죽을 권리 따윈 없다."

아후다르는 웃음을 딱 그치더니 손가락을 까딱여 당번 장인을 불렀다. 당번 장인은 잔뜩 긴장한 표정으로 몇 걸음 앞으로 나왔다.

"이 버러지의 일솜씨는 어떠냐?"

"이, 일을 곧잘 합니다, 나리."

장인이 고개를 조아리며 대답했다.

"그렇구나. 일 잘하는 노예를 죽이면 손해지."

아후다르의 입가에 차가운 미소가 어렸다.

"그 대신 네놈의 그 건방진 눈깔을 파 주마. 전부터 그 눈이 마음에 안 들었거든. 일 버러지야 손발만 있으면 되지."

아후다르가 손가락으로 딱 소리를 내자 흑인 노예 십장이 날카로운 단도를 빼 들고 모루에게 다가섰다. 뜨거운 분노가 모루의 가슴속에서 폭발했다.

"나는 버러지가 아니다. 내 이름은 모루다. 네놈의 귓구멍에 몇 번이라도 외쳐 주마. 내 이름은 모루다! 내 이름은 모루다!"

모루의 목소리가 우물처럼 깊숙한 마당에 가득한 침묵을 흔들었다.

"판슈! 판슈!"

모루가 하늘을 향해 외쳤다. 자신이 감정을 가진 게, 그래서 무섭고 아픈 게 억울하다며 울던 판슈의 마지막 모습이 떠올라 가슴이 미어졌다.

"판슈! 잊지 마라! 우린 버러지가 아냐! 우린 사람이야!

죽어도 잊지 마라!"

그래, 우린 사람이니까, 무섭고 아픈 게 당연하다. 청옥 광
산으로 끌려가도 네가 사람임을 포기하지 마라. 내 몫의 용
기까지 너에게 보낸다.

코앞까지 온 노예 십장이 모루를 내려다보았다. 텅 빈 눈
이었다. 한 손으로 모루의 머리털을 움켜쥐고 손에 든 칼을
모루의 눈에 바짝 들이댔다. 마당 안에 억눌린 비명 소리가
퍼져 나갔다.

"멈춰라!"

우렁찬 목소리가 창처럼 날아와 얼어붙은 공기를 갈랐다.

마당에 있던 사람들은 마치 신탁이라도 받은 듯 움직임을
멈추고 소리 나는 쪽으로 일제히 고개를 돌렸다. 그곳에 사
르타바하와 호위 병사들과 파란 대문 집 식구들, 무희와 악
사와 넝마주이가 있었다.

지금 꿈을 꾸는 걸까? 모루는 눈앞에 보이는 사실이 믿어
지지 않았다.

"잠깐 멈추게, 아후다르!"

체구가 당당한 사르타바하가 성큼성큼 걸어왔다. 그 뒤를
호위병들이 위엄 있는 모습으로 따랐다. 파란 대문 집 식구
들은 모루를 보며 눈물을 글썽이면서도 분위기에 압도되어

달려오지 못하고 주춤거렸다.

"자네가 여긴 웬일로……?"

아후다르는 진심으로 놀란 모양이었다. 벌린 입이 적당한 말을 찾지 못하고 머뭇거렸다. 사르타바하는 어깨를 으쓱하더니 두 팔을 벌렸다.

"오래 운영해 온 제분소들을 양피지 작업장으로 바꾸자니 아무래도 마음이 심란해서 말이야. 자네 작업장 구경이나 하면 좀 나으려나 해서 집으로 갔더니 이미 출발했다기에 부리나케 뒤따라왔지. 어린애처럼 놀래 주려는 생각에 몰래 따라왔다네, 하하하."

아후다르의 입 끝이 일그러졌다.

"자, 잘 왔네. 얼마든지 둘러보게."

"그런데 그 젊은이는 무슨 죄목으로 그렇게 묶여 있나? 가만있자. 나도 아는 짐꾼 같은데? 저 짐꾼이 왜 여기 있는 겐가?"

목소리는 덤덤했으나 사르타바하의 눈빛은 냉엄했다.

"이 녀석은…… 도둑질을 하다 붙들렸지. 자네도 알다시피 도둑은 벌금을 물지 못하면 노예로 팔려 가지 않나."

"그 이야긴, 실은 나도 들었네. 내 가게에서 종이를 훔치다 걸렸다지?"

사르타바하가 호위병에게 뭔가를 건네받았다.

"이것이 바로 저 젊은이가 내 가게에서 훔치려 했다던 종이라네. 마침 내 가게에 떨어뜨리고 갔더군."

"난 훔치지 않았어! 그건 내가 만든 종이야!"

모루가 힘껏 소리쳤다. 아후다르가 홱 고개를 돌려 모루를 집어삼킬 듯 노려보았다.

"저 버러지 같은 놈의 말을 믿는 건 아니겠지?"

"믿네."

뜻밖의 말에 아후다르의 얼굴이 굳었다. 사르타바하는 침착하게 돌돌 말린 종이를 펼쳤다.

"잘 보게, 아후다르. 이 종이를 봐. 어디에도 장인의 인장이 찍혀 있지 않잖나? 우리 가게는 당나라에서도 최고 솜씨를 자랑하는 장인의 명품 종이만을 취급하네. 인장도 안 찍힌 종이가 내 가게 물건일 리 없지."

아후다르의 얼굴이 붉으락푸르락해졌다.

"내 가게 점원이 경솔하여 자네를 번거롭게 했네. 용서하게. 하지만 충분히 이해할 만하다네. 그만큼 종이 질이 좋거든."

사르타바하는 차분하면서도 위엄 있게 말을 이었다.

"자, 이제 죄 없는 젊은이를 풀어 주게나. 아, 걱정 말게.

내가 잘 데려다줄 테니."

사르타바하가 손짓하자 호위병들이 모루에게 다가가 결박을 풀어 주었다. 모루는 온몸에 맥이 풀려 풀썩 주저앉고 말았다. 파란 대문 집 식구들이 한달음에 뛰어와 모루를 일으키고 끌어안고 부축했다.

"구경은 다음에 해야겠네. 공기에 밴 냄새가 아무래도 익숙지 않아. 밀 냄새랑은 천지 차이군. 우리 둘 다 어릴 때 밀밭 냄새를 좋아했지 않나. 그럼 다음에 보세, 친구여."

아후다르는 흉하게 일그러진 얼굴로 묵묵히 서 있었다. 건물 밖에 대기해 있던 마차에 오를 때까지 아무도 입을 열지 않았다. 소리를 내는 순간 주문이 풀려 이 사악한 공간에서 벗어나지 못할 것만 같은 불안감이 모두의 마음을 짓눌렀던 것이다.

호위병들이 말에 오르고 마차가 움직이자 파란 대문 집 식구들이 겨우 긴 숨을 토해 냈다. 넝마주이 누스탐이 떨리는 손으로 모루의 어깨를 쓰다듬었다.

"아저씨, 왜 이렇게 늙었어?"

모루가 뱉은 첫마디였다. 메마른 땅이 빗물을 빨아들이면 야생화들이 일제히 만개하듯 네 사람의 얼굴에 서서히 미소가 퍼져 나갔다.

아아, 다시 못 볼 줄 알고 얼마나 두려웠던가. 잃었다 되찾고서야 사람은 비로소 행복 앞에 겸손해진다.

모루의 실종은 파란 대문 집 식구들의 생활을 뒤흔들어 놓았다. 세 사람은 생업을 팽개치고 모루를 찾아 나섰다. 하지만 그 어디에도 모루는 보이지 않았다. 모루를 아는 사람 그 누구도 모루를 보지 못했다며 고개를 흔들었다. 세 사람은 속이 까맣게 타들어 갔다. 말도 없이 떠날 모루가 아니었다. 그 애에게 무슨 일이 생긴 거라면, 그런 생각만으로도 미칠 것 같았지만, 자기들이 찾아 주길 간절히 바랄 터였다.

넝마주이는 판슈를 만나러 제분소로 찾아갔다. 처음엔 걱정 끼치지 않으려고 모루의 실종을 숨겼지만 오래도록 모루가 찾아오지 않으면 판슈가 오해하고 슬퍼할 테니 그것도 사람이 할 일이 아니다 싶었다. 판슈는 울었다.

"모루를 찾는 데 전 아무 도움이 안 되네요. 자유롭지 못한 몸이니…….."

그때 판슈에게 한 생각이 떠올랐다.

"전 눈 감고도 모루를 그릴 수 있어요. 모루를 그려 드릴게요. 그럼 모루를 모르는 사람들도 이 얼굴을 본 적이 있나 기억을 더듬겠죠. 거리를 걷다 무심코 모루의 얼굴을 찾겠

죠. 전 눈 감고도 모루를 그릴 수 있어요. 그러니 모루를 그
려 드릴게요."

파란 대문 집 식구들은 모루를 그린 종이들을 들고 사방
으로 뛰어다녔다. 이제 사마르칸트의 많은 사람들이 모루에
대해 알게 됐다. 밤처럼 검은 머리에 빛나는 눈을 하고, 바람
처럼 빨리 달리는.

모루가 만든 종이와 판슈가 그린 모루의 초상화는 사람들
에게 호기심을 불러일으켰다. 이 신기한 종이를 만든 짐꾼
청년이 어디로 사라졌는지 다들 궁금해했다.

어느 날 사르타바하 가게의 점원도 누스탐이 들고 온 모
루의 초상화를 보게 됐다. 그는 단박에 모루를 알아보았다.
누스탐에게 그간의 이야기를 들은 그는 자신이 큰 잘못을
저질렀음을 알았다. 점원은 어딘가 처박아 두었던 모루의
종이를 찾아냈다. 그걸 사르타바하 앞에 들고 가 자초지종
을 털어놓았다. 사르타바하는 종이를 보고 깜짝 놀랐다.
온갖 종이를 보아 온 사르타바하 눈에도 종이의 품질이
뛰어나 보였기 때문이다. 점원이 착각한 것도 무리가 아니
었다.

아후다르가 모루를 데려갔다는 점원의 말에 짚이는 바가
있었다. 사르타바하는 아후다르에게 염탐꾼을 붙였고 그렇

게 해서 양피지 작업장으로 향하는 아후다르의 마차를 몰래 뒤쫓게 된 거였다.

이야기를 듣는 모루 눈에 이슬이 맺혔다.

아후다르의 지옥에 갇혀 하루하루를 버텨 내며 절망에 맞서 고독한 싸움을 벌일 때, 바깥에선 사람들이 이렇게 애타게 나를 찾았구나. 버러지라 불리며 먼지처럼 하찮게 여겨지던 나를.

모루는 판슈가 그린 자신의 초상화를 들여다보았다.

"내가 이렇게 생겼나. 좀 더 잘생긴 줄 알았는데."

"너 못생겼어."

악사가 딱 잘라 말했다. 모두 웃었다.

"나를 만나러 왔다가 이런 일을 당했으니 나도 책임이 있구나. 늦었지만 지금이라도 들려 다오. 나를 만나 하려던 이야기가 무엇이냐?"

사르타바하가 모루에게 말했다. 모루는 그 전에 판슈를 먼저 만나게 해 달라고 부탁했고 사르타바하는 허락했다.

"판슈가 얼마나 좋아할까?"

이만나가 눈물을 찍어 내며 말했다. 마차가 제분소 앞에 멈추자 모루는 사르타바하에게 함께 들어가자고 청했다. 사르타바하는 말없이 고개를 끄덕였다.

"모루!"

판슈가 달려 나와 모루를 끌어안았다. 둘은 한참 동안 부둥켜안은 채 아무 말도 못 했다. 소식을 들은 일꾼들도 하나둘씩 모루를 보러 모여들었다. 사르타바하도 묵묵히 둘을 바라보았다. 모루는 그 모든 시선을 느꼈다. 이제 자신이 무언가를 해야 할 차례였다. 모루는 판슈의 손을 꾹 쥔 다음 일어나 사르타바하 앞에 섰다.

"긍지 높으신 사르타바하 님. 자비로운 분이시여. 아후다르 님이 고리대금으로 큰 이익을 얻어도 사르타바하 님은 그 일을 하지 않으셨다고 들었습니다. 직접 낙타 등에 올라 거친 길을 오가며 당나라와 교역을 해 오신 일을 가장 큰 자랑으로 여기신다 들었습니다. 저를 구해 준 상인들도 사마르칸트에 대한 자부심으로 가득했습니다. 사르타바하 님도 그렇지 않으신지요?"

"나 또한 그러하지."

사르타바하는 미소 지었다. 하지만 그 모습이 쓸쓸해 보였다. 오래도록 단단히 다져 온 교역로가 막힌 데서 오는 고뇌 때문이리라. 그는 진심으로 자신의 일을 사랑했던 것이다.

"하지만 사르타바하 님은 이제 긍지 높은 사마르칸트의 아름다움을 해치려 하십니다. 황금빛으로 물결치던 밀과 풍성한 목화송이를 길러 낸 아름다운 땅을 짐승의 발굽으로 다지고, 짐승의 피로 제라프샨 강물을 더럽히려 하십니다."

모루는 숨을 몰아쉬었다.

"사르타바하 님의 자비로 여기서 열심히 일하던 사람들도 아후다르 님의 청옥 광산으로 끌려가게 됩니다."

사르타바하의 검은 눈썹이 꿈틀했다.

사람들 속에서 울음소리가 조금씩 흘러나왔다. 한 사람이 앞으로 나서더니 품 안에서 무언가를 소중히 꺼냈다. 판슈가 그려 준 자신의 초상화였다. 그걸 사르타바하 앞에 조심스럽게 내려놓고 돌아섰다. 그러자 다른 사람들도 그를 따라 했다. 그렇게 각자의 초상이 그려진 종이들이 사르타바하 앞에 줄을 지어 놓였다.

"사르타바하 님, 이 종이들은 아시다시피 다 제가 만들었습니다. 만약…… 만약 이런 종이를 대량으로 만들 방법이 있다면 어쩌시겠습니까? 아무런 변화도 없이 누구도 고통을 겪을 필요 없이 큰 이익을 얻는다면요?"

사르타바하는 모루를 마주 보았다. 산전수전 다 겪은 상인답게 그의 표정엔 변화가 없었다.

"말해 보거라."

모루가 손을 들어 어딘가를 가리켰다. 모두의 고개가 그쪽으로 돌아갔다. 밀을 빻는 수차가 우렁찬 소리를 내며 돌아가고 있었다.

"수……차?"

모루가 힘 있게 고개를 끄덕였다.

"좋은 종이를 만들려면 나무껍질을 곱게 빻는 과정이 필요합니다. 당나라의 제지소에선 여전히 절구를 써서 빻습니다. 우리에게는 절구보다 편리하고 강한 수차가 있지 않습니까. 수차를 이용하면 당지 못잖게 매끄럽고 질 좋은 종이를 손쉽게 대량으로 생산할 수 있습니다. 사르타바하 님. 당나라와 무역하지 않고도, 양피지보다 훨씬 적은 비용을 들여 앞으로 생겨날 어마어마한 종이 수요를 감당할 수 있습니다."

모루가 열정적으로 말했다.

"이 제라프샨 강가 제분소와 수차들이 모두 사르타바하 님 소유가 아닙니까? 밀밭도, 목화밭도 그대로 두시고, 제분소는 필요한 만큼만 제지소로 바꾸시면 됩니다. 어차피 숙련된 제지공은 어디에도 없으니 일꾼들 또한 그대로 쓰시면 되고요. 제가 그들을 가르칠 수 있습니다."

일꾼들 사이에서 웅성거림이 일었다.

　"나를 만나 그 이야기를 하려다 아후다르에게 붙들려 갔
던 거로구나."

　사르타바하가 입을 열었다.

　"아후다르가 너를 내게서 떼어 놓으려고 한 것도 당연하
다."

　사르타바하의 얼굴은 여전히 담담했다. 크게 기뻐하며 두
팔 벌려 받아들일 줄 믿었던 모루는 초조해졌다.

　"나를 따라와라. 내 대답을 보여 주마."

　사르타바하는 말 두 마리를 끌고 오게 해서 한 마리에는
자신이 타고 나머지 말은 모루에게 내주었다.

　집들과 사람들이 획획 스쳐 갔다. 달리는 말 등에서 모루
는 가슴이 벅차 왔다. 앞장선 사르타바하의 널찍한 등을 보
면서 모루는 자신과 사르타바하가 운명의 끈으로 연결되어
있다고 느꼈다.

　사르타바하는 성문 앞에서 말을 멈추더니 다시 말을 재촉
해 거침없이 계단을 올랐다. 성벽 가장 높은 곳에 이르니 이
중으로 쌓아 올린 벽 사이에 말 두 마리가 나란히 걸어갈 길
이 나 있었다. 사르타바하는 멈춰 서서 모루를 돌아보았다.
바람이 그의 머리칼과 옷자락을 흩뜨리고 펄럭였다.

"모름지기 눈이 밝아야 큰 상인이 되지. 흐름을 먼저 읽고 사람들이 보지 못한 가능성을 발견해야 한다. 너는 수차에서 다른 사람들이 미처 보지 못한 걸 보았다."

사르타바하가 손을 뻗어 성벽 바깥쪽을 가리켰다. 모루는 손가락이 가리키는 먼 들판을 보았다.

강줄기 너머로 농지가 펼쳐져 있었다. 밀밭은 아직 텅 비었고, 목화밭도 마지막 수확이 거의 끝나 가 드넓은 땅이 온통 누렇게 바랜 빛이었다. 더 멀리 구릉 지대에 양이나 염소 같은 가축들이 점점이 흩어져 있었다. 뒤로는 황야였다. 보이지 않는 그 너머에, 모루가 미련 없이 떠나온 땅, 사르타바하가 제 청춘을 바쳤고 이익으로 시작했으나 의리로 맺어졌던 당나라가 있으리라. 제 안을 좀먹어 가는 병에 걸려 몸부림치는 대국이.

"보이는가?"

사르타바하가 엄숙하게 물었다. 모루는 시험에 든 학생처럼 초조하게 풍경을 뜯어보았다.

"뭐가 보이는가?"

사르타바하가 다시 물었다. 목소리는 냉엄했다. 모루는 머뭇머뭇 대답했다.

"아름다운 들과 밭이……."

사르타바하가 큰 소리로 웃었다.

"눈뜬장님의 대답이다."

모루는 얼굴이 확 붉어졌다.

"상인에게 아름다움이란 이익을 가져다주는 것이지. 자, 다시 보라. 나의 대답이 저기 있다."

그제야, 사르타바하의 대답이 모루의 눈에 들어왔다.

나무가 없었다. 농지, 들판, 먼 황야까지 눈길 닿는 어디에도 종이를 만들 만한 키 큰 나무는 없었다.

물 주어 잘 가꾼 관상수와 뽕나무와 과일나무와 방풍림은 성벽 안에만 존재했다. 사마르칸트는 황야의 오아시스 도시였다.

모루는 눈앞이 부옇게 흐려졌다. 보고 싶은 대로 볼 뿐, 전체를 볼 줄 모르는 게 사람이라 했던가.

"장안에 터 잡고 사는 소그드 인이 한창때는 1만까지 갔다. 제지 기술이든 제지공이든 필요하다면 못 구할 우리가 아니지. 우리가 종이를 만들지 않은 건 만들 수 없었기 때문이다. 종이를 충분히 만들 재료를 이 땅에서 구할 수 없기 때문이지. 또 구미를 당길 만한 수요가 없었기 때문이기도 하다."

사르타바하가 담담하게 말했다.

"이젠 상황이 달라졌지. 엄청난 수요가 생길 텐데 교역의 대로는 막혔다. 너라면 어떡하겠는가."

사르타바하가 모루를 똑바로 보았다. 그 모습이 사막에 수백 년 뿌리 박은 고목 같기도 하고 늙고 지혜로운 낙타 같기도 했다.

"내 대답은 새로운 질문으로 돌려주겠다. 수차가 있다. 그걸로 나무껍질 말고 무얼 빻을 텐가? 가라. 가서 찾아라. 네가 대답을 구하지 못하면 모든 일은 정해진 길을 갈 것이다."

사르타바하와 아후다르가 각각의 호위병들, 시종과 공증인을 거느리고 제분소에 들어섰다. 오늘이 바로 제분소를 넘기는 날이었다.

사르타바하는 늙은 시종을 대동했고, 아후다르는 흑인 노예 십장을 데려왔다. 십장은 존재만으로 위압감을 주는 터라 마당에 있던 일꾼들이 불안하게 수군거렸다.

소그드 상인들은 꼼꼼하고 철저하기로 유명하다. 팔 사람과 살 사람은 제분소 안을 차례대로 훑으면서 계약 사항을 확인했다. 아후다르가 인수한 뒤 양피지 작업장으로 바꿀 거라 그렇게 세심히 볼 필요까진 없는데도 그랬다.

"자…… 추운 날씨에 고생이 많았네. 이제 계약서에 서로 인장을 찍고 술이나 한잔하러 가세."

안마당으로 돌아온 뒤 사르타바하가 말했다.

"아니, 잠시만, 친구여! 아직 한 가지 남았다네."

아후다르가 손바닥을 들어 보였다. 사르타바하가 눈썹을 살짝 찡그리며 아후다르를 보았다.

"만약에 자네가 밀 농장 두 군데를 서로 다른 주인에게 샀다고 하세. 농지 크기는 같으나 수확할 밀 품질과 양이 다르다면 두 사람에게 같은 값을 치르겠나?"

"아니지."

"그럼 숫양과 새끼를 낳을 수 있는 암양에 똑같은 값을 치르겠나?"

"당연히 아니지."

아후다르는 천천히 양 손바닥을 맞부딪쳤다.

"역시 자네답네. 알다시피 우리 거래엔 이 제분소에서 일하는 노예들도 포함되어 있지. 숫양과 암양이 서로 다르듯 노예들도 마찬가지 아닌가. 그러니 계약서에 인장을 찍기 전에, 내 재산이 될 노예들의 정당한 값어치를 매기는 절차가 필요할 듯싶네."

아후다르는 버럭 소리쳤다.

"이봐! 여기 노예들을 하나도 빠짐없이 몽땅 데려와!"

그러고는 흑인 노예 십장을 돌아보았다.

"비실비실하게 생긴 놈, 늙은 놈은 왼쪽에, 튼튼하고 일깨나 하게 생긴 놈, 어린놈은 오른쪽에 세워. 그냥저냥 한 놈들은 가운데 두고."

안마당이 웅성대기 시작했다. 사르타바하는 얼굴이 일그러졌다. 눈앞에서 모루를 빼앗긴 일에 앙심을 품고 일부러 모욕을 주려는 아후다르의 뱃속이 훤히 보였기 때문이다.

사람들이 안마당을 가득 채우자 노예 십장은 그들 속으로 들어갔다. 팔다리와 허리를 살피고 입을 벌려 이를 보기도 했다. 오른쪽과 왼쪽, 차츰 줄이 나뉘기 시작했다.

심판받는 사람들은 불안으로 떨었다. 오른쪽 줄에 선다는 건 청옥 광산으로 보내지는 걸 의미했다. 왼쪽 줄에 선다는 건 노예 시장의 심판대에 서는 걸 의미했다.

그때 사람들 속에서 누군가가 튀어나오더니 사르타바하 앞으로 달려왔다. 판슈였다.

"자비로우신 주인님. 부디 은혜를 베푸셔서……."

판슈가 사르타바하 앞에 납작 엎드려 머리를 조아렸다. 고개를 들어 사르타바하를 올려다보는 판슈의 눈빛이 간절하고 애처로웠다.

"모루를 보시게 되면 제 말을 전해 주셨으면 해요."

판슈는 야윈 손을 맞잡고 비틀었다.

"두려움에 빠져 투정만 부린 게 마음에 걸립니다. 이 말을 전하고 싶어요. 지난 오 년 동안…… 행복하고 좋은 기억을 가지고 가니 미안해하지 말라고. 저는, 저는…….''

판슈의 눈에서 눈물이 방울방울 흘러내렸다.

"모루와의 우정을 허락해 주셔서 신께 진심으로 감사드립니다."

사르타바하의 검은 눈썹이 꿈틀대고 미간에 깊은 주름이 패었다. 모루의 이름을 들은 아후다르의 입가에 악마 같은 미소가 떠올랐다. 흑인 노예 십장의 채찍이 하늘을 가르며 판슈의 등짝에 떨어졌다. 끔찍한 소리가 울리고 판슈는 비명을 지르며 흙바닥에 굴렀다.

"자, 공증인을 너무 기다리게 했군. 이제 그만 마치지."

아후다르가 흡족한 표정으로 두 손을 비비며 말했을 때였다.

"기다려요!"

제분소 입구 쪽에서 누군가 이렇게 외치는 소리가 들렸다. 사람들이 소리 나는 쪽으로 일제히 고개를 돌렸다.

'전에 비슷한 일이 있었는데.'

사르타바하는 생각했다. 그러자 바로 그게 언젠지 떠올랐다. 아후다르의 양피지 작업장에 모루를 구하러 갔을 때였다.

사르타바하는 마음 한편에 어떤 기대를 품고, 다른 한편으론 그런 자신을 비웃으며 소리 난 쪽으로 고개를 돌렸다.

모루가 서 있었다. 눈길 닿은 곳에.

모루가, 소그드 땅 신화에 나오는 젊은 영웅처럼 뚜벅뚜벅 걸어 들어왔다. 뒤로는 커다란 자루를 실은 낙타를 이끌고.

"아직…… 계약서에 인장을 찍진 않으셨겠죠?"

사르타바하 앞에 이르자 모루가 물었다. 사르타바하는 고개를 살짝 끄덕였다. 모루가 긴, 긴 한숨을 내쉬었다. 사르타바하 발치에 쓰러진 판슈를 흘깃 본 모루의 눈빛에 아픔과 분노가 어렸다.

검은 십장이 판슈를 끌고 가려 했으나 사르타바하가 제지했다.

"아직 내 일꾼이다. 그러니 그대로 두게."

사르타바하는 모루를 돌아보았다. 기다리는 눈빛이었다. 모루는 깊게 숨을 들이쉬었다.

"늦어서 죄송합니다. 사르타바하 님."

사르타바하의 검은 눈썹이 꿈틀 움직였다. 모루의 얼굴은 수척하고 눈은 퀭했다.

　"이보게, 친구여. 공증인이 기다리네."

　아후다르가 모루를 증오에 찬 눈으로 노려보면서, 약간은 불안한 목소리로 재촉했다.

　"계약이란 원래 서둘러선 안 된다고 자네가 알려 주지 않았나. 바쁠 게 없으니 이 젊은이가 하는 얘길 좀 들어 보세나."

　사르타바하가 침착하게 말했다. 아후다르의 표정이 먹구름이 잔뜩 낀 하늘처럼 험상궂어졌다. 금방이라도 벼락이 칠 듯했다. 그러나 자기가 한 게 있으니 더는 뭐라고 말할 처지도 못 되었다.

　"찾았나, 그 대답을?"

　사르타바하가 나직하게 물었다. 모루가 허옇게 부르튼 입술을 달싹였다.

　"짝 잃은 새처럼, 굶주린 늑대처럼 찾아 헤맸습니다. 누워서 자지 못했고, 앉아서 먹지 못했습니다. 사르타바하 님, 그렇게 간절히 구했습니다."

　모루가 감았던 눈을 떴다. 잠을 못 이뤄 붉게 충혈된, 그러나 별처럼 반짝이는 눈이었다.

"그토록 찾아 헤매다 돌아와 문을 연 바로 그곳에, 제 집 안에 대답이 있었습니다."

"네 집에?"

모루가 낙타 등에서 매듭을 풀어 자루를 끌어 내렸다. 자루 주둥이를 풀자 안에서 온갖 빛깔의 넝마가 쏟아졌다.

"그건…… 넝마가 아니냐?"

"종이를 보고 나무를 떠올리지 못하는 건, 그 둘이 아버지와 아들처럼 닮지 않았기 때문입니다. 넝마를 보고 목화솜을 떠올리지 못함 또한 그 둘이 너무 다르기 때문입니다. 집에 돌아와 산처럼 쌓인 넝마를 보았을 때, 번개가 치듯 신이 계시를 주셨습니다. 나무를 빻아 종이를 만든다면 넝마로 그렇게 못 할 이유가 뭔가?"

모루가 그 얘길 꺼냈을 때 파란 대문 집 식구들은 고개를 절레절레 흔들었다. 하지만 절박한 형편이니 해 보기나 하자 하고 나무껍질 대신 넝마로 종이를 만드는 과정을 그대로 해 보았다. 그랬더니 뜻밖에 종이가, 더 부드럽고 매끄러운 종이가 만들어졌다.

모루는 낙타 등에서 가죽에 말아 온 종이를 내려 펼쳤다.

"이게 그렇게 해서 만들어진 종이입니다."

제분소 안마당에 감탄의 소리가 퍼져 나갔다.

"진짜네! 진짜 종이야!"

함성이 안마당을 뒤흔들었다. 자신들이 다른 곳으로 가지 않아도 된다는 사실을 깨달은 것이다. 누군가 판슈를 부축해 일으키더니 부둥켜안았다.

아후다르의 얼굴이 온몸의 피가 솟구친 것처럼 시뻘게졌다. 흑인 십장을 휙 돌아보자 사르바타하의 호위 병사들도 허리에 찬 칼에 손을 댔다. 안마당에 잠시 긴장이 감돌았다. 곧 아후다르는 두 손을 힘없이 떨어뜨렸다.

'오자마자 인장을 찍었어야 했는데…… 아니, 저 녀석을 그때 죽였어야 했어.'

아후다르의 머릿속으로 바쁘게 계산이 오갔다. 엄청난 돈을 들여 잔뜩 사들인 양 떼, 이미 밀어 버린 광활한 농장들, 으리으리하게 지어 놓은 양피지 작업장들과 비싼 보수를 지불하는 양피지 장인들.

그 모든 게 사르타바하와의 싸움에서 고지를 선점하기 위해 벌인 일인데, 이제 사르타바하는 힘 하나 안 들이고 넝마와 수차라는 무기를 양손에 거머쥐었다.

사르타바하와의 싸움은 무기력하고, 승산이라곤 없을 것이다. 사마르칸트는 후일 양피지의 도시가 아니라, 종이의 도시로 이슬람 세계에 이름을 떨치게 될 것이다.

아후다르는 악하나 바보는 아니었다. 그는 제분소 문을 들어설 때는 의기양양한 승자였으나, 이제 패배자의 뒷모습을 하고 떠나갔다.

제분소 마당에는 기쁨과 희망의 물결이 넘실댔다. 모루는 판슈를 끌어안았다. 채찍으로 찢어진 등짝을 어루만지며 모루가 말했다.

"바보 같은 놈. 나대다 쓸데없이 맞았잖아. 그렇게 나를 못 믿냐?"

판슈는 어이가 없는지 주먹으로 모루의 가슴팍을 한 대 쳤다.

"너도 잘난 척하다 얻어맞았으니 서로 갚은 셈 치자."

둘은 마주 보며 빙그레 웃었다.

"아직 기쁜 소식이 남아 있다."

사르타바하가 울림이 큰 목소리로 힘주어 말했다. 안마당이 순식간에 고요해졌다.

모루와 판슈는 손을 꼭 잡고 사르타바하를 바라보았다.

"모두 최대한 빨리 제지 기술을 익혀라. 모루를 들볶아라. 그게 그의 운명이니."

사르타바하가 정겨운 눈빛으로 모루를 보았다.

"여러분은 이제 더 이상 전쟁 포로도 노예도 아니다. 사마르칸트 최초의 제지공들을 노예로 부려서야 안 될 일이지. 여러분이 열심히 일하는 만큼 나도 큰 이익을 얻을 테니 자부심을 갖고 일하라. 나로 말하면, 나에게 이익을 가져다주는 사람에게 섭섭게 한 기억이 없다."

천둥 같은 함성이 일어났다. 사슬에 묶여 광산으로 끌려가나 했는데, 자유민으로 해방된다는 이야기를 듣다니. 서로 얼싸안고 울고 웃는 사람들로 제분소 안마당은 난장이 따로 없었다.

"그리고 판슈."

사르타바하가 말을 이었다.

"자네는 제지공으로 어울리지 않아."

판슈가 깜짝 놀라 불안한 눈을 했다.

"그렇게 그림을 잘 그리는데 제지공이라니 안 될 말이지. 내가 좋은 스승을 알아볼 테니 도제로 들어가게. 앞으로 서적 편찬 사업이 궤도에 오르면 자네가 할 일이 아주 많아질 걸세."

판슈는 기쁨의 눈물을 글썽거렸다. 모루는 판슈가 자랑스러워서 입이 귀에 걸렸다.

"마지막으로."

사르타바하가 말을 이었다.

"당나라에서 숙련된 제지공을 데려올 생각이야. 비숙련 공들만 우글거려서야 이 큰 사업에 체면이 안 서지."

모루는 말없이 고개를 끄덕였다. 그럴 거라 생각했다. 자기가 종이를 만들 줄 안다 한들 당나라의 이름난 장인들과 견줄 수 있겠는가.

"그러니 모루, 그들의 도움을 받아서 제지소 일을 맡아 주게."

사르타바하의 말에 모루의 심장이 쿵 하고 내려앉았다.

"모루를 제지장으로 임명한다."

사르타바하가 다시 한 번 힘주어 말했다. 함성 소리가 다시 마당을 뒤흔들었다.

"당나라에서 가장 이름난 장인이라 해도 모루 너처럼 하지는 못했을 거다. 모루 네가 한 일은 그저 종이를 만드는 일이 아니다. 나는 사내 대 사내로서 너의 의지와 용기를 경애한다. 사마르칸트 최고가 될 우리 제지소를 이끌 제지장은 바로 모루, 너다."

판슈는 눈물을 흘리며 모루를 끌어안았다. 모루는 지금 이 순간 아무 소리도 들리지 않고 아무것도 보이지 않고, 그저 가슴이 벅차 왔다. 부옇게 흐려진 모루의 눈앞에 한 소년의 모습이 나타났다. 자신이 죽기를 기다리는 독수리에게서 벗어나려고, 땅을 긁으며 기어가던 자신의 모습이었다.

그때 포기하지 않아서 다행이었다.

"아랍 남자들은 코가 높고, 피부가 검고, 수염이 났다.

여자들은 피부가 매우 희다."

탈라스 전투에서 포로로 잡혀 사마르칸트로 끌려갔다가

수년 후 당나라로 돌아온 두환이 쓴 『경행기』의 한 구절이다.

이 책은 안타깝게도 지금 남아 있지 않다.

이슬람 세계에서 처음으로 제지소가 세워진 곳은

사마르칸트로 알려져 있다.

사마르칸트 종이는 비단처럼 매끄러운 재질로

명성이 높았으며 그 원료는 주로 아마와 넝마였다고 한다.

감보와 알지

한 무제[*] 때까지 서역과 그 너머 나라는 한나라에겐 미지의 땅이었다. 유목 민족인 흉노가 강성할 때라 서역으로 가는 길을 막아섰기 때문이다.

한나라가 막 세워졌을 때 고조 유방은 기세등등하게 흉노를 토벌하러 나섰다가 평성에서 적에게 포위되어 굴욕을 당했다. 그 뒤로 한나라는 화친 정책으로 일관했다. 흉노의 최고 통치자인 선우에게 왕녀를 시집보내고 많은 비단과 곡식과 술을 사절단에게 딸려 보냈다. 흉노가 변경을 약탈하고 백성들을 잡아가기도 했지만 수십 년 동안 두 나라는 큰 전쟁 없이 평화를 유지했다.

무제의 시대에 이르러 서서히 변화가 시작되었다.

기원전 139년, 한나라 황제 무제는 월지라는 나라를 찾아 먼 서쪽으로 원정대를 보냈다. 월지와 힘을 합쳐 흉노를 정벌하려는 목적이었다. 원정대를 이끌었던 장건의 이름은 후세 사람들에게 널리 알려졌지만 그의 벗이었던 감보에 대해선 전해진 기록이 거의 없다

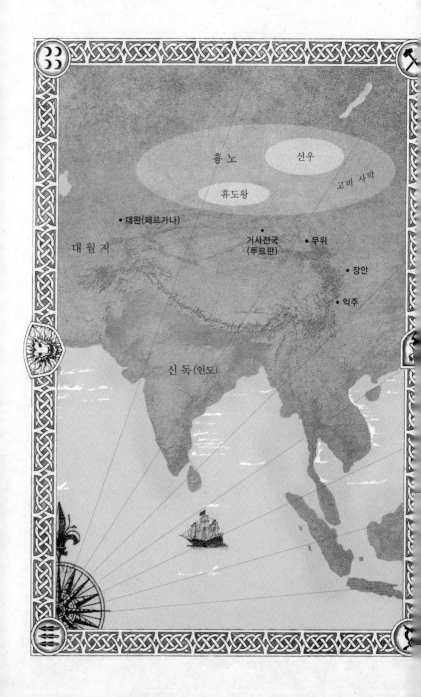

흉 노

선우

휴도왕

고비 사막

• 대완(페르가나)

거사전국
(투르판)

• 무위

대 월 지

• 장안

• 익주

신 독(인도)

1

감보와 장건은 열여섯 살에 황제를 호위하는 낭관으로 처음 만났다.

한중 토박이인 장건은 목간 끈이 닳도록 글을 읽는 진중하고 충성심 강한 소년이었다. 감보는 다른 나라와 국경을 맞댄 남서쪽 변방 익주 출신으로, 큰 포목상을 하는 아버지와 환술단 무희였던 서역인 어머니 사이에서 태어났다. 변화무쌍하고 풍요로운 자연 속에서 자라 다정다감하고 자유분방한 미소년이었다. 둘은 닮은 점이라곤 없었지만 죽이 잘 맞아서 황제가 불러 주기만을 하염없이 기다리는 나날을 바둑과 한담으로 달래며 가까워졌다.

"살해 위협을 피해서."

어쩌다 황궁에 들어오게 됐냐는 장건의 물음에 감보는 뜻밖의 대답을 했다.

"현승의 첩과 사랑에 빠졌거든."

"허, 미친놈."

한나라에는 효심이 깊거나 청렴한 인재를 천거받아 시험을 치르지 않고 조정에 올리는 '효렴'이라는 제도가 있었다. 아버지가 백방으로 애쓴 덕에 감보는 그렇게 황궁에 입성했다.

"아버진 내가 너 같길 바라시지만, 네가 『시경』을 읽을 때 난 서역 말로 된 사랑 노래를 배웠고, 네가 인의지예를 익힐 때 난 말을 타고 활을 쏘며 놀았어."

감보는 거칠 것 없이 자유롭던 고향 땅을 떠올리며 씩 웃었다.

"어머닌 새처럼 가볍게 줄을 타셨대. 난, 어머닐 닮았어."

둘은 황제를 호위하는 첫 임무를 맡았다.

외적의 침입을 막기 위해 국경에 길게 쌓은 장성을 둘러보는 순행길에 따라나선 것이었다.

감보와 장건은 장성의 실체를 두 눈으로 보곤 크게 실망했다. 당시에 장성은 흉노의 말이 단번에 뛰어넘는 것을 겨우 막을 정도의 흙담에 불과했다. 변경 수비대 병사들의 주된 임무는 흙에 갈대와 짚을 섞어 쌓은 성벽이 허물어지지 않도록 꾸준히 보수하는 것이었다.

"대한나라가 흉노 오랑캐에게 몸을 사리다니."

저녁에 장성을 끼고 걸으면서 장건이 울분을 터뜨렸다.

"그야 고조께서 내리신 유언이니까…… 전쟁을 안 하니 국고도 쌓이고."

"그러니 이제 오랑캐들을 쳐야지! 조정 대신이란 자들이 흉노가 무서워 늙은 개처럼 엎드려 있는 꼴이란."

"너도 그리 생각하느냐?"

깜짝 놀라 돌아보니 황제가 동지를 만난 듯 반가워하는 얼굴로 서 있었다. 무제는 야망이 큰 황제였지만 아직 열여섯, 할머니인 두태후의 섭정 아래 힘이 없었다.

황제는 순행길에서 돌아와서도 낭관의 처소인 낭서에 자주 들었다. 장건과 바둑을 두며 흉노를 무찌를 방법을 열띠게 논하고, 감보의 무용담을 안주 삼아 껄껄대며 술잔을 기울였다. 황제는 닳고 닳은 궁중 사람들과는 다른 장건과 감보에게 속내를 털어놓으며 외로움을 덜었다.

어느 날 황제는 투항한 흉노인이 가져온 정보를 흥분해서 들려주었다.

수십 년 전 흉노가 월지국을 멸망시키고 그 땅을 차지했
는데, 살아남은 월지 사람들이 서역에 새로 큰 나라를 세웠
다는 것이었다.

"그때 잔인무도한 흉노가 월지 왕을 죽이고 그 해골로 술
잔을 만들었다지요?"

"그러니 월지인의 원한이 뼈에 사무쳤겠지. 건아, 너는 어
찌 생각하느냐?"

"이이제이를 이르시옵니까?"

이이제이, 오랑캐로 오랑캐를 무찌른다. 한나라와 대월지
가 동과 서에서 흉노를 협공하자는 이야기였다. 장건의 차
분한 눈빛에 결기가 어렸다.

"혜안이시옵니다. 소인을 월지국에 사신으로 보내 주시
옵소서."

감보는 차마 웃지도 못하고 둘을 보았다.

'제대로 미친놈이 저기 있네. 서역으로 가는 길은 흉노의
말굽 아래 있는데 무슨 재주로 그를 피해 월지를 찾아간단
말이지?'

두 사람이 농으로 하는 소리가 아니란 걸 감보는 잘 알
았다.

164

'폐하의 관심을 다른 데로 돌려야겠어. 즐거움을 찾고 누리다 보면 무모한 생각일랑 잊겠지.'

감보는 수도 장안의 불야성이 궁금하다고 황제를 조르기 시작했다. 달콤한 세 치 혀로 구슬리는 소리에 뜨거운 청춘인 황제도 귀가 솔깃해졌다. 둘은 마침내 남루한 옷차림으로 변장하고 야행에 나섰다. 장건이 말렸지만 듣지 않았다.

온갖 쾌락이 넘실대는 장안의 밤거리에 푹 빠진 두 청춘은 밤 나들이가 잦아졌다. 결국 이 소문이 두태후의 귀에까지 들어갔다. 두태후는 머리가 굵어지면서 자신의 뜻을 거스르기 시작하는 황제의 기를 꺾어 놓을 기회라 여겼다. 황제를 불러 크게 꾸중하고, 감보에겐 백 대의 장형을 명했다. 맞다가 숨이 끊어지거나 장독이 올라 결국 죽고 마는 중형이었다.

옥에 갇혀 집행일을 기다리는 감보에게 장건이 찾아왔다.

"월지로 사절단을 보내기로 결정이 났어! 황제께서도 이번만은 뜻을 굽히지 않으셨거든. 너는 서역 말을 두루 할 줄 알고 무예도 뛰어나니 사면해 달라고 태후마마께 간청하셔서 겨우 허락을 받았어. 정말 다행이지?"

흥분한 장건을 물끄러미 보던 감보는 숨이 넘어가게 웃기 시작했다. 애초에 장건이 그 무모한 길에 들어서는 걸 막아

보려고 벌였던 일로 이 지경이 된 게 아니던가.

"살려 줘서 고맙다는 인사는 기대도 하지 마라."

감보가 서역으로 떠난다는 사연이 담긴 서신을 받은 감보 아버지가 장안으로 달려왔다.

"속죄금을 내놓으마."

오는 동안 십 년은 더 늙어 버린 얼굴로 아버지가 툭, 뱉었다.

"거긴, 가지 마라."

"아버지가 가지 말라시니까 가고 싶어져요. 어쩌죠."

"이 녀석, 이 판국에도 농이 나오냐?"

감보는 가만히 아버지를 안았다.

"죄송해요, 아버지. 다녀오면 착한 아들이 되어 볼게요."

원정대가 출발하는 날 황제가 손수 나와 장건과 감보에게 칙명을 내렸다. 배웅 나온 조정 대신들은 원정대의 앞날을 낙관하지 않는다는 표정을 노골적으로 드러내고 있었다. 황제가 목소리를 낮추었다.

"쉽지 않은 길임을 잘 안다. 나는 너희를 절대 잊지 않을 테니, 너희도 '큰 뜻'을 잊지 마라. 어떤 고난이 닥치더라도."

장건의 눈꼬리에 이슬이 맺혔다.

"죽어도 잊지 않을 것입니다. 무강하시옵소서."

낙타 등에 제대로 짐을 묶을 줄 아는 사람이 없어 반나절을 씨름한 끝에 마침내 긴 행렬의 선두가 가족들의 눈물 바람 속에 움직이기 시작했다.

원정대가 무위에 닿은 것은 출발한 지 한 달여 만이었다. 황하의 서쪽, 북으로도 남으로도 막아선 산맥이 긴 복도를 이루어서 하서회랑라 불리는 평야. 곳곳에 자리 잡은 무위 같은 오아시스 도시들은 흉노에게 공물을 바칠 뿐 독립적인 나라들이었다.

고된 행군에 지친 원정대는 번화하고 활기찬 거리 모습에 넋을 잃었다. 숙소에 말과 낙타를 맡기고 장건이 이끄는 보급대는 식량과 물을 사러, 나머지는 무리를 지어 술집을 찾아 나섰다.

"여독을 푸는 건 좋으나 입은 무겁게 해야 한다네."

장건이 몇 번이고 일행에게 일렀다. 흉노의 첩자가 있을지 모르니 조심하라는 소리였으나 아무도 귀담아듣지 않았다. 웃고 주먹질하고 술과 여자에 대해 지치지도 않고 떠들어 대며 황야를 달려왔다. 한미한 출신에 내일을 모르는 젊음들이었다. 온갖 사람들로 북적이는 주점 한 자리를 차지하고 향기로운 술을 들이켜니 눈에 뵈는 게 없었다. 젊고 순진한 그들은 이대로 아무 일 없이 서쪽 끝까지 달려가 월지를 찾아내어 임무를 완수한 뒤 돌아가 출세할 거란 꿈에 부풀어 있었다. 감보도 그랬다. 소년을 보기 전까진.

소년은 구석진 자리에서 동행과 함께 음식을 먹고 있었다. 나이는 감보보다 두어 살 어려 보였지만 태도는 어른스러웠다. 눈썰미가 있는 감보는 소년이 눈에 익었다.

감보의 눈길을 느꼈는지 소년이 얼굴을 들었다. 그 맹수 같은 눈길과 마주친 순간 감보는 정신이 번쩍 들었다.

감보는 취한 일행들을 일으켜 주점을 나왔다. 숙소로 달려가 나머지 사람들이 돌아오길 초조히 기다렸다. 모두 모이자 이미 한밤중이었다. 원래는 하룻밤 묵을 계획이었지만 감보의 얘기를 들은 장건은 곧장 길을 떠날 것을 명했다.

호양나무 방풍림을 빠져나오자 벌판의 어둠 속에서 일렁이는 횃불들이 그들을 막아섰다. 위협하듯 칼과 창을 번쩍이며 겹겹이 늘어선 흉노 기병 부대였다. 주점에서 본 그 소년이 갑옷을 갖춰 입고 선두에 서 있었다.

유목민들은 독수리처럼 눈이 밝아 벌판에서 일어나는 작은 움직임도 놓치지 않는다. 흉노의 정찰병들은 원정대가 눈치채지 못하게 거리를 두고 산을 타며 따라왔다. 표범처럼 조용히, 눈에 띄지 않게. 본영에 연락을 취하려고 목동 차림으로 달려가던 소년이 감보를 스치며 눈길이 마주친 것은 그때였다.

눈이 표범 같았다. 한번 보면 잊기 힘든 눈이었다.

그렇게 감보와 장건을 비롯한 원정대는 흉노 땅에 붙들려, 뜨겁고 건조한 여름과 길고 혹독한 겨울을 넘겼다. 젊음이 가진 생의 탄력으로 낯선 삶에 적응하니 겨우, 다시 봄이었다. 그 봄 천신제가 열리는 농성에서 감보는 알지를 만났다.

흉노인들은 장막에서 살며 철마다 옮겨 다니는데 이곳 농성은 달랐다. 튼튼하게 쌓아 올린 성이 얼어붙은 강가에 자리 잡고 있었다. 귀화 장인들과 잡혀 온 한나라 사람들이 이곳에 마을을 이루어 농기구와 무기를 만들었다.

흉노 땅엔 선우 밑에 우곡려, 좌곡려, 우현, 좌현, 혼야, 휴도 여섯 왕이 있었다. 군주인 선우가 모든 지역을 직접 다스리는 게 아니라, 이들 왕이 각자 맡은 영토를 다스렸다. 중요한 일은 이들이 모여 의논하는 왕장 회의로 결정했고, 왕들이 해마다 귀족과 전사를 이끌고 농성에 모여 선우에게 충성을 맹세하고 하늘에 제사를 지냈다.

사냥도 정치적으로 중요한 행사였으며, 때로 화살에 맞아 죽어 가는 게 짐승이 아니라 정적일 때도 있었다.

흉노의 최고 수장인 군신선우가 그런 중요한 행사에 장건과 감보를 데려간 것이니 어찌 보면 한나라 땅에 있을 때보다 출세한 셈이었다.

"내가 만약 한의 국경 너머 나라에 사절을 보내겠다 하면 황제가 허락하겠는가? 나 또한 우리 땅 너머 월지에 그대들이 가도록 허락할 수 없다."

장건과 감보가 무위에서 사로잡혀 끌려왔을 때 군신선우는 그렇게 말했다. 원정대는 겉으로는 황제의 사절 대접을 받았으나 실은 억류된 처지였다. 영토를 통과하도록 허가해 주지도 않았을뿐더러 한나라로 돌려보내지도 않았으니까.

기마 민족이 세운 제국은 포용력이 컸다. 상대적으로 적은 수로 광활한 영토를 다스리려면 많은 인재가 필요하기 때문이다. 장건과 감보도 흉노 땅에 머물면서 많은 귀화 장인과 용병, 서역에서 오가는 상인을 보았다.

선우는 원정대를 여러 왕의 영토에 나누어 살게 하고 장건과 감보는 자기 옆에 두었다. 시집오는 한나라의 왕녀를 수행해 왔다가 귀화하여 훌륭한 흉노 재상이 된 내관 중항열 같은 재목으로 본 것이다.

장건은 어린 태자에게 사서오경을 가르쳤다. 감보는 한나라에서 시집온 연지와 그 딸인 공주의 말벗이 되어 주었다.

왕족이나 귀족의 딸로 살던 한나라 여자가 정치의 희생양이 되어 낯선 초원에서 살아가는 외로움을 이해해 주는 사람은 감보밖에 없었다. 얼마 안 가 연지와 공주는 쾌활하고 다정한 감보를 가족처럼 여기게 되었다.

농성의 풍경은 떠나온 고향을 떠올리게 했다. 감보는 이른 아침 향수에 젖어 성벽 길을 걷고 있었다. 그때 한 무리의 소년들이 성문을 빠져나와 말을 달려갔다. 선두의 붉은 말에 탄 소년이 한 팔에 소녀를 꽉 안고 있었다. 떠들썩한 웃음소리와 여자의 고함 소리로 감보는 무슨 일인지 알아챘다. 초원에는 좋아하는 여자를 약탈하는 풍습이 있었다. 대개 집안과 당사자들의 암묵적인 동의 아래 이루어지는 일이지만.

감보는 등에 멘 화살통에서 화살을 뽑아 활에 메웠다. 휙! 화살이 날아가 붉은 말 궁둥이에 꽂혔다. 말이 다리를 꺾으며 넘어졌고 말에 탄 두 사람도 땅바닥에 뒹굴었다. 나머지 소년들은 갑작스러운 일에 당황해 두리번거렸다.

"네 짓이야?"

감보를 발견한 소년 하나가 다가와 으르렁댔다.

"미안. 내가 저보다 약한 걸 괴롭히는 꼴을 못 봐서."

"우리가 누군 줄 알고 감히."

"천신제 보러 아버지 따라온 구경꾼들이겠지."

감보가 태연하게 대꾸했다.

"마을 사람들을 괴롭히면 벌을 받을 텐데? 농성은 선우 폐하의 영토야. 네 아버지들의 땅이 아니란다."

소년의 얼굴이 확 붉어졌다.

"멍청이들!"

잡혀가던 소녀가 옷의 흙을 툭툭 털며 내뱉었다. 어려 보이는데도 겁먹은 기색이라곤 없었다. 감보는 다가오는 소녀에게서 눈을 떼지 못했다.

흔히 말하는 미인은 아니었다. 눈 사이가 멀고 도드라진 광대에 입술은 도톰했다. 옷차림도 소박했다. 하지만 쏘는 듯한 초롱초롱한 눈매와 당당한 태도가 왠지 사람의 마음을 끌었다.

"도와줘서 고마워. 별일은 아니지만."

소녀가 감보를 보고 살짝 웃더니 뒤를 돌아보았다.

"바투르! 바보 왕자님! 아버지께 이를 테야. 지난해에도 대장간에서 선우께 바칠 장검을 훔치다 그렇게 혼나고는."

감보에게 으르렁대던 소년이 다시 끼어들었다.

"바투르, 한번 본때를 보여 주자고 했잖아. 얘는 네가 봐

172

준다는 걸 몰라. 촌장 딸 주제에 자기가 뭐라도 되는 줄 안 다니까."

말에서 떨어졌던 소년이 천천히 걸어왔다. 자존심이 무척 상하기도 하고, 부추김에 넘어가 괜한 짓을 했다 싶기도 하고, 웬 놈이 나타나 창피를 주어서 화가 치밀기도 하는지 복잡한 표정이었다.

"너는……."

감보와 바투르는 단번에 서로 알아보았다. 바투르의 표범 같은 눈이 가늘어졌다.

"어떻게 네가 여기 있지?"

"어떻게 있겠어? 선우를 보좌해 왔지."

둘은 서로를 죽일 듯 노려보았다.

"재수 없는 한나라 놈. 그때 그냥 죽여 버릴걸."

"지금이라도 늦지 않았어. 한판 붙자."

"당장이라도 그러고 싶지만 네놈이 내 상대가 될 거 같아?"

휴도 땅 사내들은 날 때부터 무기를 쥐고 태어난다는 말이 있다. 감보보다 어렸지만 바투르의 으름장은 충분히 위협적이었다.

"선우 폐하가 아니었음 넌 내 손에 죽었다는 것만 기억해라."

무리를 이끌고 떠나면서 바투르는 소녀를 흘낏 보았다. 소녀는 그런 바투르를 힘껏 노려보았다. 바투르의 입가에 수줍은 미소가 떠올랐다.

바투르 무리가 자리를 뜨자 소녀가 감보에게 말했다.

"나는 알지라고 해. 우리 집에 갈래? 내 곰을 보여 줄게."

수정처럼 맑은 눈동자가 감보를 바라보았다. 곰을 제집 강아지인 양 말하는 이 이상한 소녀는 열일곱 감보의 마음을 단숨에 사로잡았다.

알지의 아버지인 촌장은 먼 동쪽 조선(고조선)이란 나라에서 온 대장장이였다. 자치권이 있는 농성에서 촌장은 존경받는 자리였다.

조선은 법이 엄격하고 백성들이 평등한 나라였다. 대장술도 뛰어나 장인들이 외국으로 초청되곤 했다. 대장장이는 아내를 여읜 후 슬픔을 잊으려고 어린 딸을 데리고 떠나왔다.

알지가 돌보는 어미 잃은 새끼 곰은 그가 숲에서 발견해 데려온 것이었다. 가족이라곤 아버지밖에 없는 알지는 새끼 곰을 동생처럼 보살폈고 어딜 가든 데리고 다녔다. 알지가 까만 머리를 나풀대며 새끼 곰과 노는 모습을 보면 누구라도 입가에 미소가 어릴 수밖에 없었다.

감보는 날마다 알지를 만났다. 틈만 나면 대장간이든 숲이든 가리지 않고 꼭 붙어 다녔다. 하루하루가 즐겁고 구름에 둥둥 뜬 듯했다.

"난 아버지랑 왔는데 넌 누구랑 왔어? 너도 여기 사람 아니지?"

감보는 알지의 천진난만함에 슬픔을 느꼈다. 네 아버지는 자유의 몸이지만 나는 아니라고, 내가 원해서 온 것도 아니고 원한다고 떠나지도 못한다고, 그렇게 말했어야 했는데. 감보는 열일곱 살, 좋아하는 소녀 앞에서 약해 보이기 싫은 소년일 뿐이었다.

감보는 행복하면서도 슬프고, 더없이 갈망하면서도 체념 어린 생각을 하곤 했다. 알지는 세상의 어두운 면에 대해 아무것도 모르고, 풋풋하기만 한 둘의 열정 앞에는 장애물이 너무 많았다. 자신은 이제 농성을 떠나야 하는데, 알지의 아버지에게는 알지가 전부고, 알지는 아버지 없는 세상을 알지 못했다. 또한 감보는 자신의 애매한 처지를 생각지 않을 수 없었다.

도저히 빠질 수 없는 행사 때문에 알지를 종일 보지 못한 날, 감보는 미칠 것만 같았다. 긴 하루가 끝났을 땐 마음이 완전히 지쳐 버렸다. 밤늦은 시간이었지만 대장간으로 달려 갈 수밖에 없었다.

감보는 대장간 처마 아래 웅크린 그림자를 보았다. 알지 가 새끼 곰을 끌어안은 채 쪼그려 앉아 잠들어 있었다. 감보 의 가슴은 번개를 맞은 듯 부서졌다. 농성은 흉노 영토에서 도 북쪽에 속했다. 추운 바깥에서 얼마나 오래 기다렸을까.

"이런 데서 자면 안 돼. 아직 날이 차잖아."

감보는 알지의 어깨를 가만가만 흔들며 속삭였다. 알지가 고개를 들고 감보를 보더니 환하게 웃었다. 달빛에 알지의 눈동자가 수정처럼 반짝였다.

"안 잤어. 너 기다렸어."

"내가 안 오면 어쩌려고."

"이렇게 왔잖아."

감보는 떨리는 손으로 알지를 부드럽게 당겨 새처럼 종알 대는 입술에 입을 맞추었다. 알지의 입술은 꽃처럼 달콤하 고 부드러워 온몸이 녹아서 사라지는 것만 같았다.

다음 날 감보는 대장장이에게 알지에 대한 마음을 고백했 다. 대장장이는 뜻밖의 말에 놀라 말문이 막혔다.

어쨌든…… 그는 감보를 좋아했다. 준수한 용모에 흉노

사내들처럼 투박하지도 않았다. 그리고 감보야 어떻게 생각하든 겉으로 보기에 흉노 땅에서 감보의 앞날은 탄탄대로였다.

감보는 대장장이의 침묵을 거절로 오해하고는 그 발 앞에 엎드려 격정적으로 진심을 토로했다. 대장장이는 입가에 떠오른 미소를 숨기고 감보를 일으켜 세웠다.

"젊음이란 너무 조급해서 탈이구려. 내일 왕들과 선우께서 함께 떠나는 마지막 사냥이 있다 들었소. 공자도 반드시 동행할 테니 다녀와서 의논합시다. 나도 마음의 준비란 게 필요하지 않겠소. 그동안은 내가 알지를 독차지하리다."

감보는 대장장이에게 거듭거듭 감사의 말을 하곤 알지를 찾아 달려갔다. 뒤에서 너털웃음이 들려왔다.

그날 온종일 감보와 알지는 깊은 숲 속 둘만 아는 곳에 딱 붙어 있었다. 잠시의 이별이라지만, 두고 가는 마음도 떠나보내는 마음도 애틋하기만 했다.

"다녀오자마자 선우께도 허락받을 거야. 그런데 왕자들은 왜 사냥에 데려가지 않지? 바투르 무리가 여기 남는다 생각하니 불안해."

감보가 투정부리듯 말하자 알지는 보드라운 손으로 감보의 뺨을 어루만졌다.

"바보, 원래 왕자들은 이런 사냥에 따라가지 않아. 아버지가 죽임을 당하면 원수를 갚아야지. 무슨 일이 있으면 영토로 돌아가 왕좌도 지켜야 하고."

"그런 깊은 뜻이 있었군. 암튼 그 말썽꾸러기들 조심해."

"심술부릴 테면 부리라지. 난 하나도 안 무서워."

북쪽으로 사냥을 떠난 일행은 때아닌 눈에 발이 묶였다.

거친 자연은 변덕스럽고 그것에 맞서는 길은 인내밖에 없다. 모두 그걸 잘 알았다. 단 한 사람 감보 빼고.

"대체 왜 그러는 거야? 무얼 그리 불안해해? 네가 며칠 늦게 간다고 네 여자가 어디로 사라지진 않아."

장건이 외진 곳으로 감보를 끌고 가 진정시켰다.

"나도 모르겠어. 왜 이렇게 불안한지. 왜 자꾸 나쁜 생각만 드는지."

감보가 충혈된 눈을 거칠게 비비며 중얼거렸다.

"감보, 제발 정신 차려. 우리가 왜 여기 있는지 잊었어?"

장건이 감보의 어깨를 붙들고 힘주어 말했다. 감보는 그런 장건의 손을 쳐 내며 쏘아붙였다.

"정신 차리라고? 난 이곳에 억류된 뒤로 그 어느 때보다 정신이 멀쩡해."

장건이 굳은 표정으로 고개를 저었다.

"억류라고? 우린 억류된 게 아냐. 적의 소굴에서 때를 엿보고 있는 것뿐이야. 이렇게 견디다 보면, 저들에게 믿음을 주다 보면 반드시 기회가 올 거야. 황제 폐하와 나는 처음부터 이 흉노 땅을 바로 통과해 갈 수 있다고 믿지 않았어. 사로잡히면 흉노의 신하로 지내면서 적의 영토를 속속들이 파악하는 것까지 계획에 포함되어 있었어."

장건을 보는 감보의 눈에 놀람과 혼란이 어렸다.

"그러니까 넌 처음부터 이럴 줄 알았단 말이지. 붙들려서 흉노의 신하로 살게 될 줄 알았단 말이지……"

"감보……"

"좌곡려왕을 따라온 유선 형님 이야기를 들었어? 지난겨울 원정대 사람 여섯이 얼어 죽었대. 나무를 하러 갔다가 길을 잃었을 거라지만 그 말을 믿는 사람은 없지. 좌곡려 땅은 동쪽 변경과 닿아 있어서 탈출하려다 죽었을 거야."

장건은 쓰라린 표정을 지으며 친구의 손을 잡으려 했다. 감보는 뒤로 한 걸음 물러났다.

떠나올 때만 해도 꿈에 부풀었던 젊고 순진한 백여 명의 원정대 사람들. 이제 그들이 잘 알던 세상은 사라졌다. 다정했던 부모님도, 북적이던 저잣거리에서 어울려 놀던 벗들도, 웃고 떠들며 터놓던 소박한 꿈들도…….

"감보, 대의를 위해서라면 작은 희생은 불가피하다는 건 너도 배워서 아는……."

"아니, 나는 너처럼 책을 많이 읽지 않아서 그런 건 배우지 못했어."

"황제께서는 한나라를 위해서 그렇게 하신 거야. 나라고 흉노의 신하로 지내는 게 아무렇지도 않을 것 같아? 툭하면 흉노가 변경을 침략해서 약탈할 때 늙은 중신들은 평화, 평화만을 소리 높여 외쳤어. 하지만 그건 굴종이고 거짓 평화에 불과해."

둘은 한참이나 서로를 노려보았다. 두 사람의 머리 위로 이국의 눈발이 소리 없이 내렸다. 감보는 장건에게서 눈길을 거두고 막사로 향했다. 눈 때문에 한 길 앞도 보이지 않았다.

'줄 위에선 춤을 추거나 추락하거나 둘 중 하나란다. 두려움 없이 줄 위에 서야 새처럼 가볍게 춤출 수 있지.'

어머니처럼 살고 싶었었다. 두려움 없이 자유롭게. 그런데 길이 안 보여요, 어머니. 감보는 중얼거렸다.

지금 이 순간 감보가 아는 것은 자신이 아직 열일곱이고, 그건 절망하기엔 이른 나이고, 눈이 그치면 달려가 안을 사람이 있다는 것뿐이었다.

　왕자들과 수행원들이 먼저 떠난 농성은 한산했다. 사냥을
떠나기 직전까지 외지인들로 북적거렸기에 농성의 공기에
는 쓸쓸함이 감돌았다. 사냥에서 돌아온 감보는 만사를 제
치고 대장간으로 달려갔다. 촌장도 알지도 없었다. 화덕에
불씨도 꺼져 있었다. 이웃집 문을 두드렸다. 감보도 안면이
있는 노인이 침울한 얼굴을 내밀었다.
　"알지는 떠났네. 휴도 땅으로 갔어."
　감보의 머릿속이 텅 비었다.
　"촌장이 죽었네. 촌장이 딸을 두고 죽어 버렸다네."
　바투르의 무리 중 하나가 알지의 새끼 곰을 빼앗아 언 강
에다 던졌다. 촌장이 우는 딸을 달래고 새끼 곰을 구하러 들
어갔는데 얼음판이 무게를 이기지 못했다. 알지가 지켜보는
앞에서 대장장이는 꺼진 얼음판 밑으로 빠졌고 거센 물살에
순식간에 휩쓸려 들어갔다.
　"그 망나니 놈은 장난이었다며 울더군. 살이 터지고 뼈가
부러지도록 매를 맞았지만 그게 대순가. 알지는 정신을 잃
고 깨어나질 못했어. 휴도의 왕자가 떠나는 날 알지를 데려
갔다네."

모두 눈에 발이 묶여 있던 동안 일어난 일이었다.

2

동쪽 고비 사막에서 누런 흙먼지가 불어왔다.

"언지산이 보입니다. 이제부턴 휴도 땅입니다요."

마부가 소리쳤다. 옆자리에 앉은 청년이 고개를 끄덕이며 파란 호수와 끝없이 펼쳐진 푸른 들판을 응시했다.

마부는 내내 궁금했던 것을 조심스럽게 물었다. 선우와 연지의 총애를 받던 청년이 왜 변방 휴도 땅으로 내려오게 되었는지 궁금해서 견딜 수 없었던 것이다.

청년이 웃음 띤 얼굴로 순순히 대답했다.

"한나라 조공 사절단이 왔을 때, 그 연회장으로 뛰어들었지요."

"허! 그래서요? 한바탕 난리가 났겠네요?"

"얼음물을 끼얹은 듯 고요해지더군요, 하하하."

눈빛이 매섭게 변하면서 차갑게 얼어붙던 선우의 얼굴과 하얗게 질려서 외면하던 사신들의 얼굴이 차례로 떠올랐다. 감보의 입가에 쓴웃음이 어렸다.

"연지마마와 공주님이 사정하셔서 이만했다. 선우가 일벌백계하시겠다는 것을 한사코 말리시면서 유배를 보내자고 하셨어."

장건이 짐승 우리에 갇힌 감보를 찾아와 안쓰러운 표정으로 해 준 말이었다.

"네가 그리 말하니 참 충성스러운 흉노의 신하 같구나."

무심한 감보의 말에 장건이 아픈 표정을 지었다.

이곳에 발이 묶인 지 어느덧 사 년이었다.

"휴도 땅으로 가겠다 했다고…… 그래, 차라리 잘되었어. 거기는 하서회랑이라 서역 사정을 더 자주 접할 수 있을 거야. 감보, 부디 몸조심하고 잘 지내라. 오래지 않아 돌아올 수 있도록 힘쓸 테니."

"그럴 필요 없어. 여기나 거기나 유배 신세, 내겐 다를 바 없어."

그렇게 감보는 다시 낯선 땅으로 떠나온 것이었다. 처음과 다른 게 있다면 이번엔 마차를 호위하며 뒤따르는 흉노 부대 말곤 혈혈단신이라는 점이었다.

먼지구름을 일으키며 수비대가 다가왔다. 휴도왕이 감보를 맞으러 보낸 것이었다. 감보는 묵묵히 수비대 대장에게 선우의 인장이 찍힌 칙서를 건넸다. 대장은 예를 다해 받은 뒤 감보의 마차를 호위해 영지로 데려갔다.

수비대 대장은 감보를 거처로 안내했다. 선우 영지에서처럼 한나라 물건으로 채워지진 않았으나 쾌적하고 아늑한 장막이었다.

"왕께서 저녁에 연회를 베풀겠다고 하셨습니다."

수비대 대장이 전했다. 감보는 고개를 끄덕였다. 혼자 남겨지자 설렘과 초조함이 뒤얽힌 표정이 감보의 얼굴에 떠올랐다. 어둠이 스밀 때까지 감보는 장막 안을 서성였다.

화톳불과 횃불이 이글거리는 왕의 장막 앞에는 귀족들과 용사들이 감보를 기다리고 있었다. 통째로 푹 삶아 척척 뜯어 쌓아 놓은 양고기, 말 젖을 발효시킨 시큼한 마유주 같은 유목민의 음식들이 상 한가득 차려져 있었다. 감보는 빙 둘러앉은 사람들을 타는 듯한 눈길로 둘러보았다. 심장이 몸속에 침범한 짐승처럼 쿵쿵거렸다.

검은 문신과 큰 장신구, 강인하고 거친 전사로 보이는 사내들이 감보를 쳐다보고 있었다. 서역 출신의 용병으로 보이는 이들도 있었다. 그러나 감보가 찾는 그 얼굴은 없었다. 감보는 깊은 숨을 토하고 누군가 권하는 자리에 앉았다.

휴도왕은 나이를 짐작기 어려운 사내였다. 땋은 머리와

수염은 희나 건장한 몸은 바위처럼 강인해 보였다. 옆에서 시종이 연지가 따로 보낸 서한을 읽어 주고 있었다. 수년 동안 정들어 가족과 다름없으니 감보를 잘 보살펴 달라는 내용이었다. 휴도왕은 눈을 가늘게 뜨고 감보를 뜯어보았다. 그는 한족에 대한 선우의 온정을 이해하지 못했다. 연지의 서한도 감히 외국 여인이 흉노 전사에게 보낼 것이 아니라 여겼다. 포로면서 흉노 최고 수장의 서한과 함께 온 저자를 어떻게 대할 건가.

휴도왕은 입맛을 다시더니 술잔을 들어 올려 '전사의 인사'를 건넸다. 그러자 자리한 사내들이 일제히 우렁찬 인사와 함께 각자의 잔을 들어 올렸다. 감보는 마주 잔을 들어 올리며 예를 갖췄다. 그러곤 무심한 태도로 먹고 마시기 시작했다. 자신을 향한 수많은 시선들엔 전혀 개의치 않는 태도였다.

"아들아!"

왕이 그렇게 불렀다.

"네, 아버지."

맞은편에서 나지막하고 굵은 목소리가 답했다. 감보는 고개를 들어 목소리의 주인공을 보았다.

검고 반듯한 눈썹 아래 빛나는 맹수의 눈빛. 바투르가 분

명했다. 삼 년 새 키도 훌쩍 자라고 어깨도 떡 벌어져 소년
티를 완전히 벗은 모습이었다.

"이 젊은이를 네가 도와주어라. 이곳 생활에 빨리 익숙해
지도록."

바투르가 두 손을 맞들어 예를 갖췄다. 그러나 감보를 보
는 눈은 차가웠다.

모두가 먹고 마시며 웃고 떠들었다. 감보가 사람들의 시
선에서 놓여나자 바투르가 옆으로 와 앉았다.

"우리 인연이 꽤 질긴가 보군. 술 한 잔 아니 권할 수 없
지."

바투르가 마유주가 가득 담긴 잔을 감보에게 내밀었다.
감보는 말없이 받아 쭉 들이켰다.

"새로운 전사가 오면 늘 이 잔으로 첫 잔을 권하지. 월지
왕 놈의 머리뼈로 만든 거거든."

바투르의 낮은 목소리엔 냉소가 배어 있었다. 감보는 치
밀어 오르는 욕지기를 꾹 누르고 잔을 비웠다.

"고맙군. 지난 삼 년 열심히 무예를 갈고 닦았으니 전사의
대우를 받을 만하지."

감보는 잔을 소리 나게 내려놓고 바투르를 노려보았다.
눈앞에서 차갑게 웃고 있는 사내에 대한 적의가 새삼 솟구

쳐 올랐다. 감보의 성정으로는 누군가를 이렇게 미워하기도
힘들 터였다.

그때 횃불이 밀어낸 어둠 저편에서 작은 소란이 일었다.
사람들의 시선이 그쪽으로 쏠렸다. 기골이 장대한 사내가
작고 여린 체구의 사람을 끌고 왔다. 그 뒤로 귀에서 피를
흘리는 청년이 따라왔다.

"자르갈의 목을 따겠다며 단검을 들고 덤볐습니다."

끌고 온 자를 바닥에 팽개치며 사내가 보고했다. 왕을 보
좌하는 골도후의 얼굴이 붉으락푸르락해졌다. 자르갈은 그
의 아들이었던 것이다.

"내 늑대를 죽이려 했어요!"

바닥에 쓰러진 이가 고개를 들고 항의했다.

바투르가 벌떡 몸을 일으키더니 자르갈 앞으로 성큼성큼
걸어 나갔다.

"정말이냐?"

자르갈은 바투르의 눈빛에 기가 질려 어깨를 움츠리며 변
명하듯 말했다.

"알지의 늑대인 줄 몰랐다고. 난 그저 부적으로 쓸 복사뼈
가 필요해서……."

어린 늑대의 복사뼈를 부적으로 쓰는 건 휴도 땅의 오랜

관습이었다.

"닥쳐, 이 거짓말쟁이! 내 늑대란 거 알고 있었잖아."

감보는 횃불에 비친 그 얼굴을 뚫어지게 보았다.

분명 알지였다. 그러나 감보가 알던 알지가 아니었다. 치렁치렁한 검은 머리, 진흙이 묻어 더러운 옷, 광대뼈가 도드라진 여윈 얼굴. 수정 같은 눈동자엔 증오의 불꽃이 일렁였다.

알지가 냉소 어린 표정으로 자르갈을 향해 사납게 내뱉었다.

"한 번만 더 내 늑대를 건드리면 너에게 무서운 저주를 걸 거야!"

자르갈이 움찔하며 물러섰다.

"저 아이를 저대로 두실 겁니까? 불길한 계집입니다. 양치기랍시고 벌판을 헤매며 독초를 캐다가 주술 약을 만든다고 다들 두려워합니다."

골도후가 왕을 향해 강변했다. 휴도왕이 골치가 아픈지 미간을 찌푸렸다. 바투르가 알지 앞을 막아서며 골도후를 향해 냉정하게 말했다.

"알지는 왕의 무당인 솜마가 맡은 아이입니다. 그 말씀은 왕의 무당을 모욕하시는 것입니까?"

골도후의 얼굴이 시뻘게졌다. 왕은 솜마의 예언을 깊이

신뢰했다. 골도후가 무슨 말인가를 하려고 입을 벌리는 순간 감보가 벌떡 일어났다.

감보는 성큼성큼 걸어가 알지의 손을 잡았다. 놀란 알지가 눈을 들어 감보를 보았다. 커다란 눈동자가 돌멩이를 던진 호수처럼 일렁였다. 감보는 알지의 손을 잡아끌며 어둠을 향해 걸어갔다. 사람들이 웅성거리는 소리가 들려왔다.

어둠 속을 얼마나 걸었을까. 감보는 알지의 얼굴을 차마 보지도 못했다. 자신이 어디로 걸어가는지도 몰랐다. 장막 몇 채가 옹기종기 모여 앉은 곳에 이르러서야 안에서 나오는 은은한 빛에 이끌려 걸음을 멈추었다. 감보의 발걸음이 멈추자 문득 알지가 손을 뿌리쳤다. 감보는 그 손을 다시 잡지도 못하고 알지가 무슨 말이라도 하길 기다렸다.

그러나 알지는 말없이 서 있기만 했다. 장막에서 나오는 은은한 빛에 알지의 여윈 윤곽이 드러났다. 빛이 조금만 더 밝아서 알지의 눈동자가 무엇을 보고 있는지, 어떤 감정을 담고 있는지 볼 수 있었으면 싶었다. 입이 말라 왔다. 무슨 말이든 하고 싶었다. 지난 삼 년 문득문득 치밀어 오르던 울분에 대해서, 눈 내리는 날이면 사무쳐 오던 후회에 대해서, 아무 데로도 갈 수 없다는 서글픔이 밀려올 때마다 열심히 말을 달리고 무예를 연마하며 견뎠던 나날에 대해서, 그리운데도 속절없이 조금씩 잊혀 가던 얼굴에 대해서.

다시 손을 잡고 싶었다. 작고 차갑던 알지의 손. 그 촉감은 모든 걸 제자리로 돌려놓았다. 한 번도 떨어져 있은 적이 없었던 것처럼, 그래서 바로 어제 숲에서 헤어진 것처럼.

감보는 알지가 무슨 말이라도 해 주길 바랐다. 좀 전에 자르갈이라는 소년에게 그랬듯 증오에 찬 목소리로 사나운 말을 내뱉어도 좋았다. 손에 남은 촉감처럼 알지의 목소리는 두 사람이 정말로 다시 만났고 이렇게 마주하고 있다는 걸, 꿈이 아닌 현실로 느끼게 해 줄 것이었다.

그러나 알지는 아무 말도 하지 않았고 감보가 한 발 다가서자 한 발 물러서더니 뒤돌아서 달려가 버렸다.

감보는 깨달았다. 삼 년은 긴 시간이었다. 알지가 혼자 견딘 삼 년은 자신이 버틴 삼 년과는 비할 바가 못 될 것이었다. 침묵만큼 확실한 분노, 강력한 거부는 없을 터였다.

"오늘 말에 재갈 물리러 가니 구경 가요."

바투르의 시동인 꼬마 첸가가 와서 말했다. 감보는 첸가와 함께 장막을 나섰다. 이른 아침인데도 공기는 이미 훈훈했다.

"잠을 못 잤나 봐요. 심하게 앓다 일어난 사람처럼 보이네요?"

쳰가는 나이는 어리지만 영리하고 어른스러웠다.

쳰가를 따라 한참 말을 달리니 운무가 낀 호숫가에서 말들이 떼 지어 놀고 있었다. 아름다운 광경이었다. 초원에서 말은 인간과 가장 가까운 존재지만, 어떤 가축보다 야생에 가까웠다. 양이나 소 떼는 해가 지면 집으로 돌아오지만 말들은 그냥 들판에서 지낸다. 야생마나 다름없는 어린 말에 첫 재갈을 물리는 것은 휴도의 젊은이에게도 용기를 시험받는 중요한 의식이었다.

"아! 저 말을 좀 보세요."

쳰가가 갈기를 휘날리며 달려오는 말을 가리켰다. 이마에 흰 별무늬가 있는 아름다운 흑갈색 말이었다. 달리는 모습이 힘차고 야성적이고 자유로워 보였다.

"우린 저 말을 흰별이라 불러요. 아무도 재갈을 물리지 못했죠. 이건 어디까지나 용사 대 말의 대결이거든요."

감보는 홀린 듯이 흰별을 바라보았다.

"한번 도전해 보겠어?"

어느새 옆에 다가온 바투르였다.

"안 돼요. 아주 위험하다고요. 왕자님, 이러시면 왕께 이르겠어요."

바투르는 큰 손으로 첸가의 머리를 헝클어뜨리더니 대답을 재촉하듯 감보를 빤히 보았다. 냉소 어린 표정은 분명한 도발이었다.

"좋아."

감보가 짧게 대답했다. 바투르가 씩 웃었다.

"그럼 말을 정해."

젊은 사내들의 함성이 푸른 벌판을 뒤흔들었다. 쫓기는 말은 눈을 희번덕거리며 호수를 따라 크게 원을 돌며 달렸다. 그렇게 몇 바퀴를 돌자 말이 속도를 조금 떨어뜨렸다. 방향을 꺾어야 하는 지점에서 말을 따라잡은 감보는 재빨리 올가미를 던졌다. 세 번 만에 올가미를 거는 데 성공했지만 달리는 말에 올라타는 일은 쉽지 않았다. 감보는 두 말이 나란히 달리게 보조를 맞추다가 번개처럼 몸을 날려 말에 올라탔다.

우렁찬 함성이 울려 퍼졌다. 흉노 사내들은 용기와 힘을 숭상했다. 감보가 그들의 인정을 받았다는 뜻이었다.

"생각보다 잘하는데?"

바투르가 따라붙으며 말했다.

"나는 알지가 잘 지내고 있는 줄 알았어."

감보의 입에서 날 선 말이 튀어나왔다.

192

"어제 보니 아니더군."

바투르의 낯빛이 변했다.

"네 녀석이 뭘 안다고 지껄이는 거야?"

바투르가 채찍을 들어 감보를 향해 내리쳤다. 감보는 재빨리 피했지만 채찍 끝이 말 궁둥이를 때렸다. 말은 앞발을 들어 올리며 큰 소리로 울더니 미친 듯 달리기 시작했다. 그 서슬에 등자도 고삐도 없는 감보는 말에서 떨어지고 말았다. 바투르가 감보를 밟지 않으려고 말고삐를 잡아당겼다. 감보는 벌떡 일어나서 바투르를 끌어 내렸다. 바투르와 감보는 치고받으며 땅바닥을 뒹굴었다. 청년들이 순식간에 두 사람을 에워싸고는 신이 나서 발을 구르고 함성을 질렀다.

감보는 정처 없이 걸었다. 땀과 피와 흙이 범벅된 몰골이 가관이었지만 그건 바투르도 마찬가지니 유감은 없었다.

"이제 우리 거나하게 마실 건데, 같이 가자."

그렇게 누군가 불렀지만, 감보는 타고 온 말만 첸가에게 맡기고 호숫가를 떠났다. 온몸이 욱신욱신 쑤셔서 오늘은 더 이상 말을 타고 싶지 않았다.

바람을 가르며 힘차게 달리던 흰별에 대해 생각했다. 쫓기면서도 호숫가를 빙빙 돌기만 하던 다른 말의 모습이 그

위에 겹쳤다. 물론 한순간도 잊을 수 없는 건 어제 본 알지였다. 보고 싶었다. 그게 고통이라 해도 함께 있고 싶었다.

양치기들은 양 떼를 몰고 아주 멀리까지도 나간다고 들었다. 대체 길을 어떻게 구분하고 찾는지 감보는 알 수 없었다. 비슷비슷해 보이는 구릉과 벌판이 지평선 끝까지 펼쳐져 있는데.

강이 나타났다. 물이 얕은 대신 폭이 넓은 강은 끝이 안 보이도록 벌판을 길게 양분하고 있었다. 감보는 가죽신을 벗어 들고 바지를 둥둥 걷은 다음 물을 건넜다. 강 건너에 이르러선 터지고 부은 얼굴도 씻었다. 한결 나아진 기분으로 계속 걸어갔다. 한참 그렇게 걸었지만 양도 양치기 알지도 보이지 않았다.

배가 고파 왔다. 작은 바위를 등받이 삼아 잠시 쉬기로 했다. 허리띠에 달린 주머니를 열어 육포와 양젖 가루를 꺼내 먹었다. 가죽 물통에 담긴 물도 조금 마셨다. 배를 채우니 졸렸다. 감보는 벌렁 누워 그대로 잠이 들었다.

귀를 찢는 굉음에 감보는 소스라쳐 일어났다. 번갯불이 마귀의 삼지창처럼 번쩍번쩍, 시커멓게 변한 하늘을 갈랐다.

서둘러 일어나 돌아가려는데 굵은 빗줄기가 들이퍼붓기 시작했다. 초원의 소나기야 한두 번 본 건 아니지만, 몸 가릴

곳 없는 황량한 들판에서 홀로 맞닥뜨리니 두려움이 밀려왔다.

사방이 컴컴해지고 빗줄기가 앞을 가려 방향을 잡기도 어려웠다. 마치 물속에 들어선 느낌이었다. 아무래도 길을 잘못 든 것 같았다. 감보는 말을 두고 온 걸 후회했다. 말을 타고 왔다면 말이 알아서 집을 찾아갈 텐데.

쏟아지는 비가 곳곳에 작은 웅덩이를 만들어 발이 푹푹 빠졌다. 긴장한 탓일까. 올 때보다 훨씬 오래 걸은 것 같은데 강이 나타나지 않았다. 초원의 낮은 짧다. 해가 지면 홀딱 젖은 몸으로 한데서 밤을 새워야 할지도 몰랐다. 게다가 밤에는 늑대 떼와 맞닥뜨릴 수도 있었다.

'낯선 땅에서 겁 없이 혼자 돌아다니다 꼴좋다. 나란 놈이 그렇지.'

그때, 뿔피리 소리가 빗줄기를 뚫고 아련하게 들려왔다.

먼 거리였지만 소리가 들려오는 방향은 확실히 알 수 있었다. 감보는 기쁨에 차 소리 나는 쪽으로 걸었다. 다행히 가던 방향이 아예 틀리진 않았다.

피리 소리는 끊길 듯 이어졌다. 얼마 안 가 강이 나타났다. 그런데 감보가 건널 때의 그 강이 아니었다. 물살이 포효하며 거칠게 흐르고 있었다.

'장대비 때문에 물이 순식간에 불었구나!'

물이 아주 깊진 않다 해도 물살이 거칠어 함부로 건너다
간 떠밀려 갈 것 같았다. 감보는 조심스럽게 발을 물속에 디
밀어 보았다. 산불에 쫓겨 우르르 달려가는 짐승 떼처럼 물
이 감보를 세차게 밀어붙였다. 감보는 본능적으로 뒤로 물
러나다 넘어지고 말았다. 발목이 욱신거렸다. 넘어지면서
물살에 떠밀린 돌멩이에 발목을 부딪친 모양이었다. 감보는
막막한 심정으로 건너편을 바라보았다.

빗줄기가 만든 두꺼운 휘장 너머로 누군가 말을 타고 오
는 게 희미하게 보였다.

말이 강 건너편에 와 서더니 철벅철벅 물을 건너왔다.

얼굴이 보이진 않았지만 감보는 말을 타고 오는 사람이
알지라는 걸 단박에 알 수 있었다.

쏟아지는 빗속에 둘은 마주 섰다.

빗물인지 눈물인지 모를 것이 감보의 얼굴을 흠뻑 적셨다.

아버지의 죽음으로 작고 완벽했던 알지의 세상은 사라
졌다.

아버지가 얼음판 밑으로 끌려 들어가는 걸 두 눈으로 보
고서도, 시신을 찾지 못했기 때문에 알지는 오랫동안 아버

지의 죽음을 믿지 않았다.

아버지는 헤엄을 잘 치니까, 얼음판 밑으로 헤엄쳐 가서 호수 저편에 가 닿았을 것만 같았다. 그렇게 믿고 싶었다. 알지는 공상의 힘으로 지독한 슬픔과 외로움을 견뎠다.

'아버지는 먼 나라에서 왕이 되었어. 백성들에 대한 책임감 때문에 돌아오지 못하는 거야. 하지만 나를 너무나 사랑하니까 반드시 구해 주러 올 거야. 멋진 백마를 타고 군대를 이끌고 오겠지. 모두 눈이 휘둥그레져서 나에게 좀 더 잘해 줄 걸 하고 후회하겠지. 하지만 그땐 후회해도 늦어. 나를 괴롭히고 상처 주는 사람들을 하나도 잊지 않을 거니까. 절대 용서하지 않을 테니까.'

알지는 돌무지 언덕에 올라 먼 들판을 하염없이 보며 아버지를 기다렸다.

기다림에 굳은살이 박일 무렵 아버지가 꿈에 나왔다. 아버지는 마지막 모습 그대로 얼음장 밑에 얼어붙어 있었다. 부릅뜬 눈엔 흰 막이 드리우고 벌린 입 속은 검었다.

알지는 비명을 질렀다. 지르고 지르고 또 질렀다. 구석에서 자던 무당 솜마가 벌떡 일어나 대체 왜 그러느냐고 어디 아프냐고 물었다. 알지는 황금으로 된 신상이 정좌한 제단으로 기어가 울면서 빌었다. 아버지는 좋은 사람이었고, 나쁜 일은 아무것도 하지 않았으니 영원히 얼어붙어 있는 저 주만은 내리지 말아 주세요. 아버지가 썩어서 무로 돌아가도록 자비를 베풀어 주세요. 흙이 되고 바람이 되고 비가 되어 자유롭게 세상을 떠돌 수 있도록 해 주세요.

알지는 천신이 자기 기도를 들어주었다고 믿었다. 그 이후로 들판의 이름 모를 풀꽃과 상처 입은 새끼 짐승을 소중히 거두고 돌보았다. 아버지는 왕이 아니라 작고 이름 없는 것들로 모습을 바꾸어 올 것이기 때문이었다.

눈을 떴을 때 감보는 지난밤의 일이 모두 꿈이 아닌가 생각했다. 자신이 아직 무당 솜마의 장막 안에 누워 있고, 다친 발목에는 약초를 댄 명주천이 묶여 있는 걸 보고 가만히 미소 지었다. 어젯밤의 일들이 생생하게 떠올랐다. 시렁에 널린 약초들이 뿜던 짙은 냄새, 장막에 빗방울이 떨어지던 소리, 끓인 말젖차에서 피어오르던 김, 약초를 찧느라 웅크린 알지의 여윈 등, 오늘은 두 발 짐승을 데려왔냐던 늙은 무당의 잠에 젖은 목소리…….

감보는 벌떡 일어나 옆에 놓인 신선한 양젖을 꿀꺽꿀꺽 마시고는 밖으로 나갔다. 기운이 샘솟고, 세상은 온통 반짝거렸다. 물을 길어 오는 첸가가 보였다.

"혹시 알지 못 봤어?"

"저쪽, 작은 돌무지 언덕에서 양 떼를 지켜보고 있을 거예요."

고맙다고 하고 가려다 감보는 다시 첸가를 불렀다.

"어찌 그렇게 알지가 뭘 하는지 어디 있는지 잘 알지?"

첸가는 한숨을 폭 쉬었다.

"바투르 왕자님은 늘 나한테 알지는 어디 있냐고 무얼 하냐고 물어요. 제 대답을 듣고야 안심하죠. 때론 숨어서 오래오래 알지를 지켜보기도 해요. 이제 알지는 어디 있냐고 묻는 사람이 한 사람 더 늘었네요."

감보는 쓴웃음을 지었다.

"네 왕자님의 사랑은 용사답지 않구나. 그저 바라보는 것 말곤 해 주는 게 없으니."

첸가는 고개를 살래살래 흔들었다.

"바투르 왕자님은 잘못이 없어요. 얼마나 잘해 주려고 하셨는데요. 하지만 알지가 정말 말도 못 하게 사납게 굴었어요. 처음에요. 그래서 왕자님이 양치기를 맡긴 거예요. 하루 종일 누구의 간섭도 받지 않고 들판을 돌아다닐 수 있으니까요. 솜마에게 알지를 부탁한 것도 왕자님이에요. 무당들은 누구와 함께 지내는 데 익숙지 않은 사람들이라 왕자님이 그렇게 간절히 부탁하지 않았다면 허락하지 않았을 거예요. 만약 그랬다면 알지의 처지는 지금보다 훨씬 나빠졌을걸요."

따박따박 할 말을 다 한 뒤 첸가는 물병을 들고 제 길을 갔다. 감보는 돌무지 언덕으로 향했다.

알지는 언덕 중턱 너럭바위에 앉아 먼 들판을 보고 있었다. 언덕을 올라 가까이 다가가자 알지의 다정한 말소리가 들렸다.

"이제 돌아갈 때가 됐어. 안 돼, 가야 돼. 넌 양이 아니라 늑대잖아."

알지가 새끼 늑대에게 말하는 것이었다. 늑대를 사냥하려던 자르갈에게 단검을 들고 덤볐다던 알지가 떠올랐다. 감보는 가슴이 저릿해 왔다. 그저 뒷모습인데, 그저 목소리만 들었을 뿐인데 세상을 다 얻은 것처럼 힘이 났다. 알지는 변한 게 아니었다. 용기 있게 자신을 지켜 온 것이었다.

새끼 늑대는 감보를 보자 달아나 버렸다. 감보는 알지 옆에 다가가 앉았다. 둘은 말없이 앞만 바라보았다. 멀리 말들이 놀고 있는 호수와 어제 감보가 건넜던 강이 보였다. 감보는 알지가 어떻게 자신을 찾아냈는지 깨달았다.

'내가 강을 건널 때부터 보고 있었던 거구나.'

이제 감보는 알지의 침묵을 오해하지 않았다. 알지는 너무 오랫동안 무뚝뚝한 무당 솜마 말고는 얘기 나눌 사람 없이 지내 와서 말하는 게 익숙지 않았던 것뿐이었다.

"늑대를 돌려보내면, 언젠가 네 양을 해치지 않을까?"

감보가 다정한 목소리로 말을 걸자 알지의 입가에 보일 듯 말 듯 미소가 어렸다.

"늑대는 늑대고 양은 양이야. 둘 다 초원의 것이고."

한참 만에 알지가 대답했다. 알지는 여전히 앞만 보면서 말을 이었다.

"양과 염소를 왜 섞어 두는지 알아? 양끼리만 두면 한 장소에만 머물고 새로운 곳으로 가려고 하지 않거든. 염소는 영리해서 한곳의 풀을 다 먹으면 다른 곳으로 움직이는데 그럼 양들도 따라가. 그런데 겨울에 땅이 딱딱해지고 눈이 덮이면 염소들은 풀을 뜯어 먹지 못해. 양들이 언 눈을 파내고 먼저 풀을 뜯으면 염소들이 나머지를 먹지. 각박한 초원에선 살아남으려면 함께 지혜를 모아야 해."

알지의 목소리가 젖과 꿀처럼 감보에게 스며들었다. 언제까지라도 그 낮고 무심한 듯한 목소리를 들으며 곁에 있고 싶었다.

"가르쳐 줘."

감보가 불쑥 말했다. 알지가 고개를 돌렸다. 여윈 얼굴을 가린 검은 머리칼 아래 수정 같은 눈동자가 감보를 똑바로 보았다. 눈동자 속에 차가운 불이 일렁였다.

"말을 길들이는 법을 가르쳐 줘. 어제 네가 강물을 건너와 내 앞에 섰을 때, 내가 원하는 게 뭔지 깨달았어. 그리고 다짐했지. 언젠가 이마에 흰 별이 있는 말을 데리고 너와 함께 여길 떠나겠다고. 자유를 되찾겠다고. 어제 네가 나에게 왔을 때, 전엔 없던 힘이 생겼어. 너와 함께라면 아무것도 두렵지 않아."

등불이 하나둘 켜지는 것처럼 알지의 얼굴이 환하게 빛났다.

"어떻게?"

알지가 속삭이듯 물었다. 한 치의 머뭇거림도 없이 감보가 대답했다.

"이제부터 알게 될 거야."

알지와 감보는 호숫가로 갔다. 알지는 야생마를 길들이는 자기만의 방법이 있었다.

알지가 말을 몰아 말 떼 속으로 천천히 들어갔다. 풀을 뜯던 말들은 경계하며 물살처럼 양쪽으로 갈라졌다.

"우린 그냥 말들을 볼 거야. 양치기가 양에게 그러는 것처럼."

다음 날도 그다음 날도 알지와 감보는 호숫가로 갔다. 호수의 말들도 한낮에는 둥글게 모여 서로에게 그늘을 드리워 주었다. 둘은 타고 온 말들이 드리운 그늘에 누워 노닥거렸다.

풀 냄새를 맡고 흰 구름을 보며 이런저런 이야기를 나누었다. 함께 있는 것만으로도 좋으니 하나도 힘들 게 없었다. 낮잠을 실컷 자고 일어나 호수로 뛰어들기도 했다. 그러다 해 질 녘이면 양 떼를 찾아서 몰고 돌아왔다. 근심이라곤 없었던 어린 시절로 다시 돌아간 듯했다.

저녁이면 이마에 흰 별 무늬가 있는 그 말도 호수로 물을 마시러 왔다. 알지와 감보는 물을 마시는 흰별에게 다가갔다. 흰별은 자존심이 강하고 예민한 말이었다. 바람에 실려 오는 둘의 냄새가 싫지 않은지 흰별은 가만히 있었다. 알지와 감보가 탄 말이 다가와 공손하게 코를 갖다 대자 흰별은 앞발을 들어 올리며 히히힝 울었다. 그러곤 가볍게 땅을 박차고 달리기 시작했다. 따라올 테면 따라와 보란 태도였다. 알지가 말 옆구리를 차며 흰별을 따라 달리자 감보도 뒤를 따랐다.

다각다각. 열두 개의 발굽이 붉은 노을을 향해 달리며 내는 소리가 들판에 울려 퍼졌다. 그렇게 달려가던 알지는 문득 방향을 돌려 호숫가로 돌아왔다. 감보도 알지를 따라 재빨리 말머리를 돌렸다. 곧 둘을 쫓는 말발굽 소리가 들려왔다. 두 사람을 따라잡은 흰별은 휙 둘을 앞질러 갔다.

'짐승에게도 성격이 있군.'

감보는 머리를 빳빳이 치켜들고 갈기를 휘날리며 달려가는 흰별을 보며 미소 지었다.

파란 하늘을 느리게 흘러가는 흰 구름처럼 여름이 지나가고 있었다.

가장 풍요로운 계절 가을이 무르익은 날, 휴도 땅은 대림제의 마지막 날 행사로 들썩였다.

대림제는 각지에서 온 내로라하는 흉노 용사들이 무술 시합과 씨름, 활쏘기와 말 경주로 자웅을 겨루는 흉노의 가장 큰 축제로, 일곱 지역에서 돌아가며 열렸다. 남녀노소 모두 화려하게 치장하고 춤추고 노래하며 즐겼다.

젊은 여인들이 가슴 두근거리며 기다리는 건 말 경주였다. 지평선 끝까지 달려가 미리 꽂아 둔 깃발을 가지고 가장 먼저 돌아오는 용사가 우승하는 경주로, 우승자에게는 선우가 금빛 비단옷을 하사했다. 그 옷을 사랑하는 여인에게 바치고 군무에서 짝을 이뤄 춤추는 게 관례였다.

어떤 용사인들 사랑하는 여인에게 선우가 하사한 옷을 바치고 싶지 않겠는가. 어떤 여인인들 선우가 하사한 옷을 입고 최고의 용사와 춤추고 싶지 않겠는가.

말을 탄 용사들이 출발 준비를 했다. 오늘 최고의 용사로 꼽히는 바투르도 그 대열에서 다른 용사들과 같은 꿈에 부풀었다. 사람들이 지켜보는 가운데 금빛 비단옷을 입은 알지와 손잡고 춤추며 사랑을 고백하는 것. 생각만으로 심장이 터질 듯했다.

그녀의 불행이 자신 탓이라 여겼기에 차마 다가가지도 못하고 지켜보기만 했다. 자신을 향해 한 번도 웃어 준 적 없는 그녀를 바투르는 온 마음을 다해 사랑했다. 오늘이야말로 그 사랑을 고백할 다시없는 기회였다.

"자, 더 나설 용사는 없는가?"

상석에 자리 잡은 선우가 우렁차게 외쳤다. 그때 먼지구름을 일으키며 말 한 마리가 엄청난 속도로 달려왔다.

"오, 마치 그 옛날 묵특선우의 애마처럼 빠르구나!"

선우가 감탄했다.

"흰별을 길들이다니 정말 대단한데!"

젊은 사내들이 환호하며 소리쳤다.

"저 청년은…… 감보가 아니냐?"

선우가 옆에 선 장건에게 물었다. 늠름한 모습으로 출발 대열에 선 감보를 보는 장건의 눈시울이 붉어졌다. 감보가 씩씩하게 잘 지내고 있는 것 같아 기쁘고 대견했다. 두태후가 죽은 뒤 한 무제가 흉노를 토벌할 마음을 굳히고 있다는 정보를 접하고 생각이 많아진 장건이었다.

바투르는 감보를 뒤따라온 알지에게서 눈을 떼지 못했다.

검은 머리를 양쪽으로 길게 땋아 틀어 올리고 비취와 옥으로 장식한 빗을 꽂았다. 가는 허리를 졸라맨 푸른 옷은 알지의 서늘한 얼굴과 잘 어울렸다. 설산의 여신처럼 아름다운 그 모습에 청년들이 수군대는 소리가 여기저기서 들렸다. 자신이 다른 사람에게 어떻게 보이는지 알 바 아닌 알지는 무심한 표정으로 구경꾼들을 향해 성큼성큼 걸어갔다.

이윽고 출발을 알리는 뿔나팔 소리가 울리자 기수를 태운 말들은 일제히 맹렬한 기세로 달려 나갔다. 엄청난 먼지 구름이 그 뒤를 따랐다. 사람들은 함성을 지르고 악사들은 음악을 연주하며 흥을 돋웠다. 말들이 까마득한 지평선으로 한 점이 되어 사라지자 씨름판이 벌어졌다. 한쪽에선 고기를 삶고 술을 나르며 잔치 준비를 했다.

해가 성큼 기울었다. 지평선에서 검은 점을 가장 먼저 발견한 사람이 소리를 질러 알렸다. 선두를 다투며 달려오는 두 마리 말의 형체를 분간하게 되자 사람들의 흥분은 절정에 달했다.

바투르와 감보가 앞서거니 뒤서거니 하며 맹렬하게 달려오고 있었다. 청년들은 승부를 다투는 것이 제 자신인 양 주먹을 휘두르고 발을 구르며 함성을 질렀다.

치열한 선두 다툼을 증명이나 하듯, 말발굽이 땅을 박찰 때마다 튀어 오른 흙이 바투르와 감보의 얼굴과 옷에 덕지덕지 붙어 있었다. 말도 사람도 숨소리가 거칠었다.

"어떻게 그 말을 길들였지?"

바짝 붙은 바투르가 숨을 몰아쉬며 물었다.

"첸가가 말 안 했나?"

감보가 대꾸했다. 바투르의 맹수 같은 눈이 어두워졌다.

"늘 함께 있다고 그러긴 하더군."

"날 죽이고 싶지?"

"그래."

바투르가 악문 이 사이로 내뱉듯 말했다.

"알지가 슬퍼할 일이 아니라면 들쥐처럼 비틀어 네 숨통을 끊어 버렸겠지."

감보가 멈칫한 사이 바투르가 말 옆구리를 차며 속도를 올렸다. 바투르가 탄 말이 땅을 박차며 선두로 들어오자 사람들이 일제히 일어나 환호성을 올렸다. 휴도왕이 뿌듯한 미소를 지었다. 곧이어 감보를 태운 흰별도 땅을 울리며 달려 들어왔다. 관중들은 두 용사를 향해 아낌없이 찬사를 보냈다.

　선우가 우승자인 바투르에게 금빛 비단옷을 하사했을 때, 여인들은 모두 기대를 담은 눈으로 바투르를 바라보았다. 그러나 바투르의 눈은 오로지 알지만을 찾았다.

　'알지에게 말해야지. 이 옷의 주인은 너뿐이라고. 그러고 나서 함께 춤을 추는 거야.'

　바투르의 눈길이 뚝 멈추었다.

　감보가 알지 옆에 있었다. 흙이 잔뜩 튀고 먼지를 뒤집어 썼지만, 여전히 싱그러운 기운이 넘치는 얼굴로 알지를 사랑스럽게 내려다보고 있었다. 알지가 가느다란 손을 뻗어 감보의 얼굴에 묻은 흙을 털어 냈다. 감보가 그 손을 붙잡더니 입을 맞추었다. 사랑과 존중이 가득 담긴 태도였다. 알지의 얼굴에 미소가 떠올랐다. 바투르에겐 한 번도 보여 준 적 없는 미소였다.

　녹슨 칼이 바투르의 심장을 두 조각 내었다. 손에 든 금빛 옷도 그 상처를 덮진 못했다.

휴도왕은 아들을 이해할 수 없었다. 선우에게 받은 비단 옷을 아무에게도 주지 않은 것은 이 땅의 여인들을 모욕한 짓이었다.

'게다가 저녁 연회에도 나타나지 않다니 선우와 다른 왕들 앞에서 아비 체면을 깎아내려도 분수가 있지…….'

휴도왕은 저녁 인사를 하러 온 아들을 나무라려다 화제를 돌렸다.

"선우께서 저녁 연회 자리에서 감보 얘기를 꺼내더구나. 장건의 간청도 있고 선우께서 보시기에도 감보가 많이 변한 것 같으니 다시 영지로 불러올릴 생각이라고."

바투르가 고개를 번쩍 들었다. 아들이 왜 관심을 보이는지 알 턱이 없는 휴도왕은 무심하게 말을 이었다.

"한데 이 감보가 재미있는 녀석이야. 한다는 말이 자기는 여기 와서 기백도 생기고 지혜도 얻어 이 땅이 더 잘 맞는 것 같다지 뭐냐."

왕은 기분이 나쁘지 않은 듯 보였다. 바투르의 얼굴이 일그러졌다.

"감보가 오늘 타고 온 말은 아무도 재갈을 물리지 못한 그 말이 아니더냐?"

휴도왕이 옆에 선 골도후에게 물었고 그렇다는 대답이 돌아왔다.

"그런 재주가 있는 줄 몰랐군. 알지가 짐승을 다루고 병을 고치는 데 재주가 있다는 건 솜마에게 들어 알고 있는 터, 둘을 내 직속 말지기로 삼을까 한다."

왕의 말지기는 낮은 직책이 아니었다. 전쟁이 일어났을 때나 멀리 사절을 보낼 때 즉시 쓸 수 있도록 잘 관리되고 훈련된 말이 필요하기 때문이다.

바투르는 벌떡 일어나더니 인사도 않고 뛰쳐나갔다.

솜마의 장막 앞에 한참을 기다리니 알지가 홀로 걸어왔다. 바투르가 불쑥 앞을 막아서자 알지는 놀라 한 걸음 물러났다.

"아버지가 너와 감보를 말지기로 삼는다더군."

바투르의 목소리에 괴로움이 가득했다.

"네가 그놈과 함께 있는 게 싫어."

바투르가 힘겹게 말했다. 알지의 눈동자에 차가운 불꽃이 일렁였다.

"감보를 사랑해요."

"나는 흉노 최고의 전사고 왕의 아들이다. 그런 내가 너만을 원해."

알지의 침묵이 칼이 되어 바투르의 심장을 찔렀다.

"아직도 나를 미워해?"

바투르가 쓰라린 목소리로 물었다.

"아니라고 거짓말할까요? 일어난 일은 돌이키지 못해요."

차갑게 내뱉고 뒤돌아 달려가는 알지에게 바투르가 외쳤다.

"감보보다 내가 먼저 너를 사랑했어. 네가 외롭고 고통스러웠을 때, 그때 뒤를 한 번이라도 돌아봤더라면 내가 있는 걸 알았을 거야."

알지가 어둠 속으로 사라진 뒤에도 바투르는 꼼짝도 않고 서 있었다. 쓰디쓴 고통 때문에 죽을 것만 같았다. 자기가 무얼 그렇게 잘못했길래 이런 고통을 겪어야 하는 걸까. 그러다 깨달았다. 알지는 아무 잘못이 없는데 눈앞에서 아버지가 죽었다는 걸.

고통은 죄의 대가가 아니었다.

숌마가 대림제를 마무리하는 굿을 마치고 밤늦게 돌아오니 알지가 자지도 않고 웅크리고 있었다. 숌마는 왜 그러느냐고 물었다.

"왜 사람들은 아픔을 주고받아야 하는 걸까요? 왜 제가 원치 않는데도 누군가에게 고통을 주어야 하는 걸까요. 어릴 때의 저는 세상이 기쁨으로 가득한 줄만 알았어요."

솜마를 올려다보는 알지의 표정이 가련했다.

"저를 위해 한 번만 점을 쳐 주시겠어요? 제 앞길에 뭐가 기다리고 있는지……."

나무뿌리처럼 앙상한 솜마의 손이 알지의 머리를 쓰다듬었다. 함께한 후로 처음 하는 행동이라 알지는 깜짝 놀랐다.

"네 운명은 평탄하지 않단다. 하지만 그게 네 몫이라면 받아들이거라. 이 말밖엔 해 줄 수 없구나."

알지는 머리를 쓰다듬는 솜마의 온기에 기대 잠이 들었다.

꿈속에서 어린 감보가 길을 잃고 울고 있었다. 빗속을 뚫고 길 잃은 감보에게 달려갔던 날처럼 알지는 감보에게 달려갔다. 울지 마. 내가 네 곁에 있을게. 둘이 함께라면 두려울 게 없으니 울지 마.

자기 앞에 뭐가 기다리는지 모르는 채로 알지는 그렇게 단잠에 들었다.

3

기원전 133년. 서역국들과의 조공 무역을 위해 동북도위 사절단이 꾸려졌다. 감보와 알지도 말과 낙타를 관리하는 말지기로 차출되었다.

"우리가 기다려 온 기회야. 서역을 다니다 보면 뭔가 길이 보일 거야."

감보는 기뻐했다. 그러나 기쁨도 잠시, 사절단에 포함된 건 감보 자기뿐이란 사실을 알게 되었다. 감보는 사절단의 총책임자에게 가서 따졌다.

"겨우내 알지가 말과 낙타를 훌륭하게 돌본 걸 알지 않습니까. 어째서 알지는 사절단에서 빠진 것입니까?"

"왕께서 골도후의 충언을 받아들였을 뿐이다. 훌륭한 말지기를 둘이나 사절단에 딸려 보내선 안 된다더군. 나는 왕께서 명령하신 대로 따랐을 뿐이고."

책임자가 난처한 표정으로 대꾸했다.

"그게 진정한 이유입니까?"

그는 쓴웃음을 지었다.

"골도후에게 잘 자란 딸이 있지. 자네를 사모한다더군. 여자의 질투란 무서운 법이지."

감보는 몰랐지만, 질투로 눈먼 골도후의 딸은 감보 혼자 동북도위 사절단으로 떠나게 꾸민 것으로 그치지 않았다. 휴도왕에게 알지에 대한 바투르의 마음을 일러바쳤다. 지난해 대림제 때 선우가 하사한 비단옷을 아무 여인에게도 주지 않은 이유는 알지 때문이라고 고했다. 휴도왕은 노발대발해서 알지를 아들의 눈앞에서 치워 버릴 마음을 먹었다.

분노에 차서 돌아온 감보는 알지에게 자기도 가지 않겠다고 말했다.

"너를 혼자 두고 갈 순 없어."

"나는 혼자가 아니야. 혼자 길을 나서는 건 너야."

알지가 감보를 달랬다.

"나에게 약속했잖아. 길을 찾겠다고. 가서 약속대로 길을 찾아. 그리고 돌아와서 혼자 힘으로도 잘 해냈다고 말해 줘."

감보는 가만히 알지를 안았다. 떠나는 자기 못지않게 슬플 텐데도 내색하지 않는 모습이 더 가슴 아팠다. 길고 혹독한 겨울, 말들이 선 채로 얼어 죽고, 건초가 부족해 새끼가 굶어 죽을 때 그 아픔을 견디게 해 준 건 서로의 온기였다. 이제 내가 떠나고 나면 알지는 누구와 어려움을 나눈단 말인가. 그러나 알지의 말이 맞았다. 길을 찾겠다고, 그래서 자유를 되찾겠다고 알지에게 약속했지 않은가. 더 이상 서로의 의지와 상관없는 이별을 하지 않기 위해서 반드시 그 길을 찾아내겠다고 감보는 다짐했다.

흉노 땅 사방에서 조공품을 실은 말과 낙타들이 도착했다. 왕족과 귀족들이 은밀한 부탁을 들고 찾아왔다. 이러저러한 것을 구해 달라거나 팔아 달라는 부탁이었다.

뜻밖의 손님이 있었다. 선우 영지에서 물품을 싣고 장건이 책임자로 온 것이다. 감보는 오랜만에 보는 친구를 반갑게 맞았다.

"자네가 동북도위 사절단에 합류한다는 소식에 무척 기뻤다네. 지난 대림제 때는 돌아오지 않겠다고 해서 서운하고 의아했는데 이런 속내가 있었군. 잘된 일이야."

장건은 목소리를 낮추었다.

"두태후가 돌아가셨으니 황제께서 흉노를 치려는 뜻을 펼치실 거야. 우리도 임무를 되새길 때가 왔어. 비록 선우의 신임을 얻긴 했으나 나는 흉노 땅을 벗어나기 어려우니 자네가 서역에서 월지국이 어디 있는지 수소문해 봐 주게."

월지. 오랜만에 듣는 이름이 낯설었다. 감보는 쓸쓸히 말했다.

"건, 이보게……. 떠나올 때 우리도 황제 폐하도 어렸네. 어쩌면 황제께선 우리에게 내린 임무 따윈 잊으셨는지도 몰라."

장건의 곧은 눈썹 아래 차분한 눈빛이 일렁였다.

"아니, 잊지 않으셨어."

장건이 조용히 말했다.

"사내대장부, 일생 한 뜻을 품고 가는 걸로 족하네. 여기 와서 우리가 본 것들을 잊지 말게. 흉노를 쳐서 서역을 품는 것은 강물이 흐르고 모여 넓은 바다에 이르는 것과 같은 이치야."

"그렇겠지. 자네 말이 옳아. 언제가 되었든 그런 날이 오겠지."

감보가 고개를 끄덕였다.

'흉노와 한나라의 오랜 평화가 끝나는 날.'

감보는 마음속으로 생각했다.

'그 자리엔 말발굽 소리와 창칼이 부딪치는 소리, 피로 물든 초원이 대신하겠지.'

감보는 흰별을 타고 길을 떠났다. 한나라를 떠나온 뒤로 이렇게 긴 여행은 처음인지라 감보는 적응하는 데 꽤 시간이 걸렸다. 수많은 동물들을 몇 안 되는 말지기들이 책임지고 돌보는 건 어려웠다. 짐을 실은 동물들이 지치지 않도록 적절히 교대해 주는 게 가장 중요했다. 여행길에 병들어 기력을 소진한 말과 낙타는 버릴 수밖에 없으므로 손실이 크기 때문이었다. 낙타는 유순하고 참을성이 많아 지친 내색도 없이 행렬을 따르다가 쉬려고 멈춘 순간 그대로 죽어 버리기도 했다.

여정에는 이런저런 사고가 따르기 마련이었다. 한번은 감보가 말에서 내려 잠시 걷다가 밑도 끝도 없이 나타난 구덩이 속으로 떨어졌다. 다음 오아시스 도시까지 하루쯤 남은 사막길이었다.

오아시스 출신 길잡이가 다가와 구덩이 속을 들여다보고 걱정스레 물었다.

"괜찮소?"

다행히 구덩이가 아주 깊지는 않아 크게 다치진 않았다.

"말이 떨어지지 않아 다행입니다. 이런 곳에 구덩이라니……."

감보가 민망해하며 위를 보았다.

"칸얼정이오. 수맥이 없어 버려진 거지."

길잡이가 대답했다.

"칸얼정?"

길잡이가 구덩이 속에 들앉은 감보에겐 보이지 않는 먼 곳을 가리켰다.

"지하 수로를 파 저 산꼭대기 만년설을 끌어온다오. 마을에서부터 산자락까지 수맥을 따라 수백 개의 우물을 파서 땅 밑의 수로와 잇지."

믿을 수 없는 이야기였다. 그런 일이 정말 인간의 힘으로 가능하단 말인가.

길잡이가 미소 짓자 고사목처럼 굵은 주름이 얼굴을 덮었다.

"서역 길은 처음인가 보구려."

구덩이 속 어둠에 눈이 익으니 옆으로 한 길쯤 파 들어가다 멈춘, 사람 앉은키 크기의 구멍이 보였다. 바닥은 판판하고 돌을 들어내 다듬은 흔적이 있었다. 분명 사람의 손으로 오래 공들여 판 우물이었다.

"아버지 생각이 나는구려."

파란 하늘을 배경으로 길잡이가 꺼내 줄 생각도 않고 계속 말했다.

"우리 아버지가 칸얼정 파는 일을 했었다오. 그 밑에서 보는 하늘은 좀 어떻소?"

"파랗네요."

우물을 파던 사람들이 갈망하던 물빛처럼 새파란 하늘이었다.

"거기 하루 종일 쭈그려 앉아 곡괭이질을 한다고 생각해 보시오. 그 덕분에 우리도 이렇게 사막을 오갈 수 있는 거라오. 왕이며 장군들이 동쪽이나 서쪽에서 와서 여길 정복하면 그런 건 다 잊히고 말거든. 우리 아버지 같은 사람들이 한 일 말이오. 당신은 이제 잊지 못할 거요. 거기 뚝 떨어졌으니. 자, 이제 그만 올라오시오. 줄을 내려 줄 테니 꼭 잡고 올라와요."

동북도위의 행렬을 따라가며 감보는 대이동과 개척자의 본성을 가진 자들이 이룩한 강인하고 풍요로운 세상을 보았다. 그 세상에서 감보는 삶의 지축을 뒤흔드는 일을 겪었다.

공적인 임무가 마무리되고 귀로에 접어든 어느 날 감보는 수행인 몇과 함께 거사전국(투르판)의 야시장에 들렀다. 환술단이 왔다고 사람들이 겹겹이 모여든 날이었다. 꽤 유명한 환술단인 모양이었다. 역사(力士)들의 기기묘묘한 공연과 아름다운 무희들의 춤이 여간 흥이 나는 게 아니었다. 감보도 끝까지 보고 싶었지만 아쉽게 발길을 돌려야 했다.

감보는 시장을 누비다가 한 포목점 앞에서 발길을 멈추었다. 알지에게 줄 옷감을 고르다가 번개라도 맞은 듯 놀랐다.

'이, 이것은…… 우리 집 물건이 아닌가?'

그것은 분명 아버지 포목점의 직물방 장인들이 짠 명주 피륙이었다. 감보의 어머니가 좋아하는 연주문을 색실로 짜넣은 이국적인 문양으로 익주에선 꽤 유명했다. 자라면서 수없이 보았는데 감보가 어떻게 몰라보겠는가.

흉노에 막혀 한나라와 서역이 교역을 못 하는 건 누구나 아는 사실이었다. 서역에서 팔리는 한나라 비단은 조공으로 흉노 땅에 들어와 여러 경로로 퍼져 나간 것이었다.

'익주 땅 촌구석 명주가 어떻게 여기까지 들어와 있나? 내가 지금 꿈을 꾸는 건가? 집이 그리워서 헛것을 보나?'

감보는 명주 피륙을 받쳐 들고 얼빠진 사람처럼 멍하니 서 있었다. 매부리코에 눈이 우묵한 주인 남자가 가게 안에서 나왔다.

"물건 볼 줄 아는 손님이시네."

주인이 너스레를 떨며 값을 불렀다. 원래 값어치를 아는 감보로선 숨이 턱 막힐 만큼 비싼 값이었다. 감보는 뭐가 그렇게 비싸냐고 물었다.

주인이 목소리를 낮추었다.

"이래 봬도 한나라 물건이라오. 목숨 걸고 들여오는 건데 이 정도면 거저지. 손님이 잘생겼으니 내 좀 깎아 주리다."

감보는 차츰 정신이 또렷해졌다.

'새가 물고 오진 않았을 터, 흉노의 그늘을 통하지 않는 비밀스러운 교역로가 있단 말이구나.'

심장이 쿵쿵 뛰기 시작했다. 알지에게 길을 찾겠다 맹세한 이후로 이런 순간을 기다려 왔던 것이 아닌가. 감보는 마음을 가라앉히고 아무렇지 않은 척 웃으며 물었다.

"한나라가 여기서 길이 어딘데, 어디로 어떻게 들여온단 말입니까? 나는 못 믿겠소."

주인이 정색을 하더니 감보의 얼굴을 뚫어져라 보았다. 그러더니 침을 탁 뱉곤 안으로 들어가 버렸다. 감보는 실망했지만 기운을 내어 돌아다니며 다른 물건들도 유심히 보았다. 그러자 전엔 안 보이던 것들이 보이기 시작했다. 서역 땅에는 없는 죽제품들, 불로장수한다 하여 인기가 높은 장안의 옥 세공품들…….

감보가 정신없이 물건들을 보고 있을 때 호위 병사들이 사람들을 헤치고 허겁지겁 다가왔다. 만약 감보를 놓치거나 하면 큰 벌을 받게 되는 것이다. 감보는 복잡한 가슴을 안고 숙소로 돌아왔다. 피곤을 덜어 줄 거라며 주인이 가져다준

차를 마신 뒤 감보는 정신을 잃었다.

정신이 들자 별이 가득한 밤하늘이 눈에 들어왔다. 등을
대고 누운 바닥은 풀이 듬성듬성 돋은 메마른 땅이었다. 횃
불의 일렁임. 왁자한 웃음소리와 노랫소리가 들려왔다.

'납치된 건가…….'

저녁에 주인이 방으로 가져다준 차가 의심스러웠다. 번화
한 대상 숙소 한복판에서 감쪽같이 사람을 납치하는 대담함
이라니. 옆에서 두런두런 말소리가 들렸다.

"하필 흉노의 사절이라니, 피곤하게 됐군."

"그럼 냄새를 맡고 여기저기 기웃대는데 그냥 둬?"

"흉노 첩자라면 묻어 버려야지."

감보는 일이 어떻게 된 건지 짐작이 갔다. 감보를 훑어보
곤 침을 뱉고 들어가던 포목점 주인이 떠올랐다. 흉노의 눈
을 피해 비밀 교역을 하는 무리들이 흉노 첩자인 줄 알고 자
신을 납치한 것이 분명했다. 감보는 옷을 더듬었다. 자리옷
으로 갈아입어도 꼭 몸에 차는 단검이 만져지지 않았다. 감
보는 누운 채로 재빨리 머리를 굴렸다. 줄 위에선 추락하지
않으려면 춤을 춰야 한다. 새처럼 가볍게. 죽음의 위기였지
만 기회가 될 수도 있었다. 그 어느 때보다 담대하게 행동해

야 할 순간이었다.

몸을 일으켜 앉았다. 족히 스무 대가 넘는 짐마차와 장막들로 울타리를 친 들판에 수십 명의 남녀들이 먹고 마시며 와자지껄 웃고 떠들고 있었다.

'환술단! 과연……! 이들만큼 의심 없이 국경을 넘나들 수 있는 자들이 없겠지.'

그들은 이제 오롯이 자신들의 즐거움만을 위해 춤추며 노래하고 있었다.

감보가 일어서자 그들의 시선도 감보를 향했다. 감보의 젊음과 뜻밖의 담담함이 그들을 재미있게 하는 모양이었다.

"깨어났군. 트리타크 님께 데려가라."

감보 옆에 있던 털북숭이 사내가 감보를 잡아끌어 외따로 떨어진 큰 장막으로 데려갔다.

장막 안은 밖에서 상상했던 것보다 훨씬 화려했다. 최고급 양탄자 위 대리석 탁자에는 오색 유리 술병과 물방울무늬 잔이 놓여 있었다.

'어느 나라 왕이라 해도 믿겠군.'

트리타크라 불린, 환술단의 우두머리는 호상에 편안히 기대앉아 감보를 바라보았다. 눈빛이 강인하지만 거칠지 않았다. 사람의 목숨을 하찮게 여길 사람으로 보이진 않았다.

"왜 그렇게 나를 보지?"

트리타크가 물었다.

"어떤 사람인지 느껴 보려 했습니다. 제 운명이 오늘 밤 당신 손에 있으니까요."

"그래 어떻게 보이는가?"

"왕과 같은 힘과 자신감이 보입니다."

"그리고?"

"왕에겐 없는 자유로움이 느껴집니다."

트리타크는 웃으며 고개를 끄덕였다.

"흉노인처럼 보이지 않는데, 용병인가?"

사람은 다른 것에 끌리고 닮은 것에 편안함을 느낀다. 감보는 눈앞의 사내에게 끌림과 편안함을 함께 느꼈다.

"저는 원래 한나라 사람입니다. 열여섯에 서역으로 가는 사절단을 따라나섰다가 흉노에게 사로잡혀 여섯 해째 억류되어 있는 처지입니다. 이번 동북도위 사절단에 말지기로 따라왔는데 야시장에서 우연히 고향의 물건을 발견하고 놀랐던 것뿐입니다. 제가 이 일을 흉노에 고해서 무얼 하겠습니까?"

"처지가 딱하구나. 그러나 너는 한족으로도 보이지 않는다."

"그건 제 어머니가 서역인이기 때문입니다."

트리타크에겐 이야기를 털어놓게 만드는 힘이 있었다. 감보는 그가 권하는 술을 마시며 어머니가 환술단 무희였던 것부터 장안으로 상경한 까닭이며, 또 서역으로 가는 원정대에 따라나선 사연을 들려주었다.

긴 이야기를 끝냈을 때, 감보는 꽤 취해 있었고 마음이 후련했다. 트리타크는 이야기를 들을 줄 아는 사람이었다.

"정말로 거짓말 같은 일 아닙니까?"

감보가 묻자 트리타크가 대꾸했다.

"세상을 돌아다니다 보면 거짓말 같은 일들을 수없이 보고 겪지."

트리타크는 자세를 고쳐 앉았다.

"그렇다 해도 너를 이대로 그냥 돌려보내긴 어렵다."

"저도 그냥 빈손으로 돌아갈 생각은 없습니다."

"빈손으로 돌아갈 생각이 없다?"

트리타크가 재미있어하며 물었다.

"저와 거래를 하시는 게 어떻습니까? 귀족들에게 사사롭게 부탁받은 물건들이 저에게 있습니다. 특상품 담비 가죽도 있고 한나라 황궁 장인이 만든 장신구도 있습니다. 제가 찾는 서역 물품들을 구해 주십시오. 그럼 그것들을 내어 드리겠습니다. 여기서 제가 구하는 것들은 믿기가 어렵습니다. 트리타크 님을 통한 것이라면 감히 품질이나 진위를 의심하지 않아도 되니 저에게 이익입니다. 트리타크 님도 편히 앉아 저에게서 받은 물건들로 큰 이익을 남기실 테니 절대 손해 보는 일이 아닐 것입니다."

트리타크는 호탕하게 웃었다.

"배짱이 있구나. 네가 마음에 든다. 한번 거래를 트면 의리라는 게 생기지. 앞으로 너에게 내가 많은 도움이 될 거다."

감보는 고개를 끄덕였다. 그제야 속으로 숨겼던 긴장이 풀리며 온몸이 노곤해 왔다. 알지를 생각하며 감보는 행복감에 젖었다.

'오늘 밤의 인연이 알지와 나를 자유의 길로 안내할 거야.'

이 모든 게 운명이란 생각이 들었다.

감보의 아버지가 운영하는 포목점의 명주가 거사전국의 야시장에 이르게 된 경로는 이러했다. 환술단을 이끌고 가 익주나 형주 같은 한나라 변방에서 원하는 물건을 사들인다. 이웃한 이민족의 땅과 신독(인도)의 국경을 넘는 동안 물건의 국적은 감쪽같이 바뀐다. 그렇게 겉으로는 한나라의

226

꼬리표를 떼어 냈지만 사고파는 사람은 다 아는 한나라의 특산품들을 서역의 여러 나라들로 들여오는 것이었다.

신독에서 서역으로 가는 교역길은 예부터 있었다. 그러나 익주 땅에서 신독에 이르는 험난한 길을 개척한 것은 트리타크가 처음이었다. 그의 이름은 이쪽 세상에서 왕처럼 힘이 있었다. 왕처럼 날 때부터 가진 게 아니라 도전해서 스스로 쟁취한 힘이었다.

감보는 새벽이슬이 걷히기 전에 대상 숙소로 돌아왔다. 트리타크와의 거래는 성립되었다. 거사전국을 떠나기 전에 감보는 귀족들이 부탁한 물건들을 하나도 빠짐없이 구할 수 있었다. 동북도위의 관리들은 모두 감보를 부러워했다. 하나같이 쉽게 구하기 힘든 귀한 물건들이었기 때문이다.

거사전국을 떠나는 날, 동북도위 행렬은 환술단이 야영했던 벌판을 지나갔다. 감보가 함께 어울려 내일이 없다는 듯 밤새 퍼마시고 웃고 떠들던, 자유가 주는 기쁨에 흠뻑 취했던 자리는 흔적조차 없었다. 바람 같은 사람들이었다. 감보는 벌써 그들이 그리웠다.

그 밤, 감보는 영혼의 형제들을 만난 것처럼 행복했었다.

바짝 마른 여름이 느릿느릿 지나갔다.

"이대로는 가축들이 올겨울을 넘기기가 너무 힘들 텐데."

사람들은 걱정스레 하늘을 보았다. 여름에 가뭄이 심하면 겨울을 버틸 건초를 충분히 확보하기 어렵다. 자족하지 못한다면 답은 하나였다. 한나라 땅을 침범하여 약탈해 오는 것.

휴도 땅은 진작부터 전쟁 대비를 하고 있었다. 무당 솜마가 동쪽 하늘에 전운이 어려 있다고 예언했기 때문이다. 바투르는 소년들의 병사 훈련을 맡았다. 말은 흉노 군대의 힘줄이므로 알지는 바투르와 함께하는 일이 많아졌다.

소년들을 훈련시킬 때 바투르는 냉정했다. 말이 다치면 바로 달려가려고 늘 훈련 현장에 있는 알지에게도 별다르지 않게 대했다. 대림제 마지막 날 밤 이후로 바투르는 다시 마음을 드러내는 말을 하지 않았다.

달리는 말 위에서 힘차게 활을 쏠 때, 현란한 검술로 대련 상대의 혼을 쏙 빼놓을 때, 바투르는 흑표범처럼 빠르고 거칠고 강했다. 그러나 알지가 훈련을 마친 말의 발굽을 들어 세심하게 살필 때, 말 목을 쓸며 다정하게 위로할 때, 그 모습을 보는 바투르의 눈은 부드럽게 빛나고 입가엔 따뜻한 미소가 떠올랐다.

알지를 처음 봤을 때부터 바투르가 꿈꿔 온 그런 나날이었다.

한나라 변경 마읍성 성주 섭일이 정쟁에 밀려 자리 보전이 어렵게 되자, 마읍성의 왕 자리를 주면 성을 내주겠다는 뜻을 흉노의 선우에게 전해 왔다. 미리 성문을 열어 둘 테니 군사를 이끌고 공격하라는 것이었다.

선우가 소집한 왕장 회의에 다녀온 휴도왕이 아들을 불렀다.

"선우께서 직접 대군을 이끌고 출격하신다. 우리도 정예 부대를 보내기로 했으니 병사를 차출하도록 해라."

"알겠습니다."

"아, 그리고 알지를 무군에 천거했다."

휴도왕의 말에 바투르의 얼굴에서 핏기가 가셨다.

무군이란 전쟁에서 적군에게 저주를 비는 주술가(歌)를 부르는 처녀 무당들을 말한다. 적병은 무군을 두려워하는 만큼 증오해서 격전이 벌어지기 전에 먼저 살상의 목표물이 되었다.

"알지는 무당이 아닌데 무군이라니요."

바투르는 아버지의 얼굴을 뚫어지게 보았다. 아버지는 자신의 훌륭한 말지기를 그렇게 희생시킬 사람이 아니었다.

바투르는 아버지의 표정에서 답을 읽었다. 분노가 불길처럼 타올랐다.

"누구입니까? 누가 무슨 말을 했든 그건 사실이 아닙니다. 알지에게는 아무 죄도 없습니다."

"닥쳐라!"

휴도왕이 소리쳤다.

"노예의 자식이 노예이듯 무당이 거둔 아이니 무당이라 봐도 무방하다. 선우께 이미 천거했으니 딴소리 마라!"

"아버지이기 이전에 왕이십니다. 알지도 아버지의 백성인데, 부당하게 사지로 내몰다니요!"

바투르는 자리를 박차고 나갔다. 휴도왕은, 선우가 이끌고 온 대군의 출정식에서 선봉대의 맨 앞에 선 바투르를 보았다. 아들의 거역은 늙은 휴도왕을 무너뜨렸다. 아들은 아버지에게 눈길 한 번 주지 않고 길을 떠났다.

광대한 먼지구름이 벌판을 휩쓸며 나아갔다. 가끔 무군의 음울한 노랫소리가 울려 퍼졌다. 적의 오금을 저리게 하는 소리였다.

해 질 녘 병사들이 야영 준비로 분주한 벌판에서 바투르와 알지는 지평선의 노을을 보며 서 있었다.

"내일 해가 중천에 닿기 전에 마읍성에 닿을 거야."

바투르가 나직하게 말했다. 알지가 고개를 끄덕였다.

"부탁이 있습니다. 왕자님."

알지의 눈이 떠나온 쪽을 보고 있었다.

"흉노 사람은 의리가 있어 전투 중에 벗이 죽으면 시신을 가족에게 데려다준다 했습니다."

알지는 담담하게 말을 이었다.

"제가 죽으면 시신을 감보에게 데려다주세요. 부탁드립니다."

바투르는 목에서 무언가 차오르는 것을 꾹 눌렀다. 오지 않을 아버지를 기다리며 하염없이 황야를 바라보던 알지. 그런 알지를 숨어서 지켜보기만 했던 어린 날이 스쳐 갔다.

"미안하지만 나는 그 부탁을 들어주지 못해. 네 곁에서 너를 지키다 너보다 먼저 죽으리라고 천신께 맹세했다."

바투르를 보는 알지의 눈이 슬펐다.

"이젠 왕자님을 미워하지 않아요."

"알아."

"왕자님이 아프면 저도 아픕니다. 그러니 저를 사랑하지 마세요."

바투르는 대답하지 않았다. 그 부탁 또한 들어줄 수 없었

기 때문이었다. 자신의 사랑은 알지를 아프게 하고, 행복해
야 할 그녀를 늘 구렁텅이에 빠뜨렸다. 사랑하지 않을 수 있
었다면 얼마나 좋을까. 그럴 수 없기에 미안한 마음으로 사
무치게 사랑했다.

다음 날, 마읍성이 멀리 보이는 데까지 이르렀지만 들판
에도 길에도 한나라 병사를 볼 수 없었다. 오랜 평화에 풀어
질 대로 풀어진 변방의 시골 그대로였다. 흉노 군대도 긴장
이 풀어졌다. 이제 성주 섭일이 열어 놓은 성문으로 들어가
성을 접수하면 끝이라 생각했다.

"선우 폐하, 대군을 이끌고 여기서 기다려 주십시오. 제가
선봉대를 이끌고 들어가 성안을 살핀 뒤 신호를 보내겠습니
다."

선우의 아우인 우현왕 이치사였다. 이치사가 꾸린 정예
부대엔 물론 바투르도 있었다.

"알지, 기다려라. 곧 끝날 테니."

바투르가 늠름하게 말하고 말 등에 훌쩍 올랐다. 그런 바
투르를 보는 알지는 왠지 불안했다. 선봉대가 말을 달려 떠
난 뒤 알지는 길가 벌판에서 풀을 뜯던 소 떼에 다가갔다.

'뭔가 이상해.'

알지의 가슴이 싸늘해졌다. 알지는 선우 앞으로 달려갔

다. 무군 주제에 어디를 나서느냐는 눈빛으로 호위 무사가 칼을 빼 들고 길을 막았다. 선우가 손을 들어 호위 무사를 물러가게 했다. 알지가 땅에 엎드려 선우를 올려다보았다. 뺨에 새겨진 칼자국이 골격이 큼직한 얼굴에 위엄을 드리웠다.

"선우 폐하, 벌판에 소와 양 떼가 있는데 지키는 사람이 없습니다. 가축에 다가가 보니 불안해하는 게 느껴졌습니다. 짐승들도 이런 일을 낯설게 여기는 것입니다."

"무슨 뜻이냐?"

알지가 고개를 조아렸다.

"함정인 듯합니다."

선우가 이치사의 선봉대가 떠난 곳으로 다급한 눈길을 보냈다.

"저를 보내 주십시오. 만약 이게 함정이라면 대군이 성문 안으로 들어가길 기다렸다가 치려고 성 밖에 매복한 적군이 있을 것입니다. 적이 눈치채지 않도록 여자인 제가 혼자 성으로 들어가 알리겠습니다."

선우는 허락했다. 만약 알지의 판단이 맞는다면 흉노의 대군은 적의 아가리 속에 들어가 있는 것이나 마찬가지였다. 알지는 말 옆구리를 차며 바람처럼 달려갔다. 양쪽 벌판을 살피니 멀리 숲 새새로 빛을 받아 번쩍이는 무언가가 보였다.

망루 계단을 올라선 바투르는 누각 바닥에 납작 엎드려 있던 한나라 병사와 눈이 마주쳤다. 그 찰나의 순간 둘은 서로의 눈에서 많은 것을 읽었다. 바투르는 적병의 눈에서 '공포, 죽음, 실패'를, 한나라 병사는 바투르에게서 '함정, 매복, 전멸'을.

바투르는 옆구리에 타는 듯한 통증을 느꼈다. 한나라 병사가 단검으로 바투르를 찌른 것이다. 바투르의 눈앞에 불꽃이 튀면서 알지가 떠올랐다. 적은 검을 틀어쥔 손을 악착같이 놓지 않았다. 녀석의 다급한 눈길이 옆으로 향했다. 눈길이 머문 곳에 북이 있었다.

바투르를 해치운 후 북을 울려 매복한 군대를 불러들이려는 것이다. 바투르는 단단한 팔뚝으로 적의 목을 졸랐다. 상대도 칼 잡은 손을 절대 놓지 않았다. 이 순간은 서로의 목숨이 문제가 아닌 것이다.

마침내 목에서 뚜둑 소리가 나며 한나라 병사가 입에 거품을 물고 쓰러졌다. 바투르는 숨을 몰아쉬며 옆구리에 꽂힌 단검을 뽑아냈다. 피가 솟구쳤다. 배를 감싸고 주저앉으니 두 손이 금세 시뻘겋게 변했다. 밑에서 다급한 발소리가 들리더니, 알지의 머리가 불쑥 나타났다.

"왕자님!"

알지가 바투르를 품에 안았다. 바투르는 알지의 뺨을 만지며 아이처럼 웃었다. 알지의 창백한 뺨이 바투르의 붉은 피로 얼룩졌다.

알지는 허리띠에 찬 주머니에서 약초 가루를 꺼내 상처에 들이부었다.

"지혈제예요. 다행히 급소는 피했어요."

급소는 피했다 해도 상처가 깊었다. 말을 타고 달리면 다시 상처가 터질 테고 피를 많이 흘려 정신을 잃게 될 것이다. 알지는 다리를 동여맨 각반을 풀어 바투르의 배를 단단하게 감았다. 바투르는 신음 섞인 웃음소리를 냈다.

"너무 안일했어. 이상하다고 느꼈어야 했는데. 결국 세상은 돌고 도는 건가. 한고조 유방이 우리를 우습게 보다가 평성에서 당한 굴욕을 그대로 되받았군."

"말하지 마요."

"이제 됐으니까 내려가 우현왕께 보고하고 속히 퇴각해."

"일어나요."

"이 몸으론 민폐지. 명령이다. 나를 두고 내려가."

"닥쳐요."

알지의 눈에 눈물이 차올랐다.

"무조건 당신을 데리고 갈 겁니다. 죽어도 제가 보는 앞에 서 죽어요."

피투성이가 된 바투르가 알지의 부축을 받으며 내려오자 병사들이 크게 술렁였다. 알지는 짧게 보고했다. 성 밖 벌판 숲에 복병이 있고, 주력군은 마읍성 깊숙한 곳에 대기하고 있을 것이다. 퇴각은 빠르게 이루어졌다. 알지는 바투르와 한 말에 탔다. 바투르 혼자 말을 탔다가는 뒤로 처질 것이 분명했다. 병사 몇이 둘이 탄 말을 엄호하면서 나아갔다.

이때 벌판에 매복하고 있던 한나라 군대의 수장 왕회는 성안에 있던 흉노 병사들이 빠르게 퇴각하자 당황하여 참모 들을 불러 모았다.

"아무래도 낌새를 챈 듯합니다."

왕회의 낯빛이 하얗게 변했다. 한 무제는 온건론과 신중 론을 주장하는 노대신들 때문에 여전히 골머리를 썩이고 있 었다. 그런 때에 마읍성 성주 섭일이 스스로 적에게 투항한 척 미끼를 던지겠다고 파격적인 의견을 낸 것이었다. 한 무 제가 감탄하고 열정적으로 일을 추진했음은 물론이다. 이 일이 수포로 돌아간다면 황제가 격분할 것은 불 보듯 뻔했 다. 그러나 매복군만으로 어떻게 적들을 상대한단 말인가.

왕회는 두려움을 느껴 육박전으로 적의 퇴각을 지연시키는 선택을 하지 못했다.

맹렬히 달려가는 흉노 선봉대 쪽으로 벌판에서 화살이 쉭쉭 날아왔다. 화살에 맞은 병사들이 말에서 굴러떨어졌다. 바투르와 알지가 탄 말을 엄호하는 병사들은 뒤돌아 날아오는 화살을 칼로 쳐 냈다. 알지는 말고삐를 바투 쥐고 더욱 박차를 가했다. 바투르의 귓가에 정신을 잃으면 안 된다고 외치면서 맹렬하게 말을 달렸다.

격렬한 움직임 때문에 바투르의 상처에서 피가 계속 배어 나왔다. 바투르의 몸이 점점 앞으로 숙여지고 눈앞이 핏빛으로 물들어 갔다. 그러나 알지에게 마음을 빼앗겼던 어린 날 이후로, 지금 이 순간처럼 행복했던 적은 없었다. 자신의 몸을 꽉 끌어안은 알지의 두 팔과 뜨거운 숨결 말곤 아무것도 원치 않았다. 오로지 죽음만이 자신을 알지로부터 떼어 놓을 수 있다는 걸 깨달았다.

한나라와 흉노의 화친은 사실상 끝났다. 선우와는 달리 강경파인 우현왕 이치사의 태도는 더욱 강경해졌다. 그러나 이 일에도 불구하고 한나라가 앞으로도 흉노에 대한 공세를 계속할 거라고 생각하는 사람은 많지 않았다.

바투르와 알지는 영웅이 되어 돌아왔다. 선우의 군대를 위기에서 구해 낸 두 사람의 용기에 대해 노래꾼들이 노래를 만들어 퍼뜨렸다. 특히 무녀 알지의 이름은 발 없는 말이 되어 흉노 땅 사방 천지로 퍼져 갔다.

휴도왕은 돌아온 아들의 상처를 어루만졌다. 부쩍 기운이 쇠해 보였다.

"흉터는 전사의 자랑거리다."

못 본 사이에 아들은 달라져 있었다. 이제 정말 사내가 되었구나. 왕은 대견하기도 하고 쓸쓸하기도 했다.

"그 아이가 아니었다면 너를 산 채로 보지 못했겠구나."

"산 채로도 죽은 채로도 보지 못하셨겠지요."

바투르가 냉정하게 대답했다. 왕은 생각에 잠긴 듯 말이 없었다.

"나도 그 아이가 싫은 건 아니다. 심지가 굳고 맑다고 생각했었다."

"그래서 무군에 천거하셨군요. 이제 천군의 후보로까지 거론되니 감읍합니다."

바투르의 대답에는 여전히 가시가 있었다. 천군이란 선우의 곁에서 흉노의 대사를 관장하는 대무당이다. 선우를 알현했을 때 그 이야기가 나왔고 바투르는 알지를 지키기 위해 안간힘을 써야 했다. 지금의 천군은 권력욕이 강해 그동안 자신의 후계자를 모함하여 내치거나 몰래 암살했다는 소문이 있었다. 게다가 선우의 눈을 속이고 이치사의 편에 붙은 지 오래였다.

왕이 침묵했다가 다시 말을 이었다.

"알지를 원한다면…… 비로 삼아도 좋다."

바투르가 놀란 눈을 들어 아버지를 보았다.

"왕족의 여인이 된 여자를 천군에 올리진 못한다."

바투르가 아버지 앞에 엎드렸다.

"고맙습니다. 고맙습니다. 하지만…… 제 마음만으로 되는 일은 아닙니다."

"못난 놈……."

휴도왕의 목소리가 쓸쓸히 잠겼다.

봄에 떠나 가을이 되어서야 돌아온 감보에게 휴도 땅은 낯설고 서먹했다. 말 등에서 지낸 시간에 어느덧 익숙해진 탓인지도 몰랐다. 동북도위 사절단이 왕을 알현하여 보고를 드리는 자리에서도 감보는 오직 알지 생각뿐이었다. 어서 알지를 만나야만 숨 쉬기가 답답한 듯한 이 기분을 떨칠 것 같았다. 붉은 노을을 향해 둘이 함께 말을 달리고 싶었다.

"모두 수고가 많았다. 훌륭한 조공품들을 많이 가져왔더구나."

왕이 치하했다. 옆에서 골도후가 거들었다.

"특히 감보가 구하기 힘든 특상품을 아주 많이 가져왔습니다. 개인적으로 맡긴 물품들도 훌륭히 잘 처분했다고 모두 침이 마르도록 칭찬합니다."

왕이 감보를 찬찬히 보았다. 한족을 좋아하진 않지만 인재는 아꼈다. 왕은 감보만 남기고 모두 물러가게 했다.

"마읍성 소식은 들었느냐?"

"돌아오는 길에 들었습니다."

늙은 전사의 눈이 감보를 뚫을 듯 보았다.

"너는 한의 사람이냐, 초원의 사람이냐?"

둘 사이에 침묵이 내려앉았다. 감보의 마음속에 일순 회오리바람이 일었다.

휴도 땅에서 장대비를 맞던 날 알지에게 한 맹세는 감보의 마음속에 그대로였다. 감보는 속으로만 대답했다.

'나는 한의 사람도 초원의 사람도 아닙니다. 알지와 함께 그 무엇도 아닌 세상으로 떠날 것입니다.'

"빈말은 못 하는 자로구나."

왕의 입 끝이 부드러워졌다.

"말 등 위의 삶은 편하던가?"

"그랬습니다."

"네가 무엇이든 상관없다. 나는 선우께 충성을 다하는 휴도왕이다. 솜마는 전운이 동쪽에서 일고 있다 예언했다. 배에 기름 찬 선우의 측근들은 마읍성 일을 가벼이 치부하려 하지만 나는 그리 생각하지 않는다. 너의 수완이 필요하다. 서역을 왕래하면서 몰래 좋은 무기를 들여와라. 이 일은 다른 왕들이 알아선 안 된다. 충성심이 아니라 네 자신을 위해 그리하라. 충분한 보상이 있을 것이다."

늙은 왕이 긴 숨을 내쉬었다. 몹시 피로해 보였다.

"앞으로도 먼 길 떠날 일이 많겠구나. 물러가라."

감보는 말없이 절하고 물러났다.

저녁 바람이 스산했다. 빛바랜 들판에 장막들이 점점이 엎드려 천창으로 흰 연기를 피워 올렸다. 감각은 자신이 이 유배의 땅으로 돌아왔다고 일깨웠지만 마음은 여전히 흰별과 함께 바람을 안고 달리던 황야와 오아시스를 떠돌고 있었다.

감보는 투박한 고요 속을 쓸쓸히 걸어갔다.

그때 불어온 바람에 알지의 냄새가 묻어왔다. 심장이 다시 쿵쿵 뛰었다. 알지를 느끼는 것만으로 어둠은 포근해지고, 공기엔 소박한 기쁨이 감돌았다.

잠시 뒤 나타난 건 두 마리 말에 탄 두 사람이었다. 알지와 나란히 오는 사람이 누군지 알아보자 감보는 큰 충격을 받았다.

바투르와 알지가 나란히 말을 타고 이야기를 나누며 오고 있었다.

질투라는 녹슨 칼이 감보의 심장을 푹 찔렀다. 바투르라는 한 남자에 대한 질투가 아니었다. 자신이 없던 시간에 두 사람이 공유한 것들, 그것이 고난이든, 슬픔이든, 자신은 함께하지 못한 것에 대한 질투였다. 하지만 그건 감보도 마찬가지였다. 알지와 함께하지 못한 시간 속에서 감보도 전에 모르던 것을 보았고 알았다. 언젠가 그 세상을 알지와 함께 달릴 것이다. 감보는 이제 운명의 장난에 놀아나지 않고 맞서기로 마음먹었다.

알지가 감보를 발견했다. 알지는 외마디 소리를 지르더니 말에서 뛰어내려 달려왔다.

둘은 부둥켜안았다. 텅 비었던 감보의 머리가 알지의 냄새와 촉감으로 아릿하게 채워졌다. 말머리를 돌려 달려가는 바투르의 말굽 소리가 감보의 귀에 음악처럼 듣기 좋았다.

두 사람은 부둥켜안은 팔을 아쉽게 풀고 서로를 머리부터 발끝까지 찬찬히 훑어보기 시작했다.

감보는 알지가 변한 것을 알았다. 알지는 더 단단하면서 더 부드러운 존재가 되었다. 알지 안에서 은은히 흘러나오는 빛이 감보에겐 캄캄한 밤의 등불처럼 느껴졌다.

알지도 감보가 변한 것을 알았다. 감보에게서 전에 없던 자신감과 확신이 배어났다. 변한 서로에게 더 큰 설렘을 느끼면서도 한편으론 어떤 쓸쓸한 예감이 둘의 마음을 아프게 했다. 자신들을 갈라놓은 시간의 물살이 더욱 멀리, 닿지 못할 만큼의 거리에 둘을 떼어 놓을 것만 같아 두려웠다.

"이야기할 게 너무 많아."

애써 활짝 웃으며 감보가 말했다. 알지는 고개를 끄덕였다.

"그래, 나도."

감보와 알지는 손을 꼭 잡고 어둠에 잠겨 가는 벌판을 걸어갔다.

감보는 휴도왕의 명대로 다시 서쪽으로 떠났다. 겉으로는 사무역을 담당한 것이지만, 숨은 이유는 무기 수입이었다. 수년 동안 서역을 오가며 감보는 트리타크의 도움을 많이 받았다. 세월이 흐르는 동안 인맥을 다졌고 거래에도 노련해졌다. 휴도왕도 이제는 감보를 신뢰하고 있었다. 휴도 땅 전사들은 감보가 들여온 무기들로 군사 훈련을 했다.

감보는 점점 트리타크를 닮아 갔다. 겉모습이 어떻든 감보의 비밀스러운 삶을 완전히 아는 사람은 없었다.

"나는 대완에서 온 상인이오."

어느 날, 회색 수염을 기른 상인이 감보가 묵고 있는 숙소를 찾아왔다.

"최상급 양가죽이 얼마나 있습니까?"

감보는 가진 물량을 알려 주었다.

"대완에 대해선 아는 게 없군요."

감보가 말하자 상인이 고개를 끄덕였다.

"깊은 계곡에 자리 잡은 낙원이랍니다."

"가죽과 교환할 물품은 무엇입니까?"

감보가 묻자 상인은 목소리를 낮추었다.

"무기 거래를 하신다는 걸 알고 있습니다."

감보는 상인을 향해 회의적인 미소를 지었다.

"대완에 거래할 무기가 있을까요?"

"말이 있지요."

"말은 저희도 충분히 있습니다만."

상인이 빙그레 웃었다.

"초원의 조랑말 말인가요? 아, 죄송합니다. 흉노의 말들을 무시하는 건 아닙니다. 강하고 끈기 있는 훌륭한 말이지요. 그러나 우리 말은 한혈마라 불리는 천상의 명마입니다. 마치 하늘을 나는 듯 달리지요. 지치는 법이 없고, 눈 덮인 산도 거뜬히 올라갑니다."

감보는 흥미가 생겨 호위병들을 데리고 상인의 숙소로 따라갔다. 전설에나 나올 법한 말이 여물을 먹고 있었다.

"우리 대완의 산천에만 있는 명마입니다. 우리 땅에서만 자라는 풀을 먹지요."

감보는 풀 이야기를 더 해 달라고 했다. 말지기인 알지가 말먹이 때문에 고충을 겪는 것을 아는 까닭이었다. 상인은 그 풀을 먹으면 말이 살이 오르고 튼튼해지며 사람의 열을 내리는 데도 좋아 약초로도 쓰인다고 했다.

상인은 계약에 대한 감사의 표시로 감보에게 풀씨를 선물로 주었다. 감보는 알지에게 갖다 줄 생각으로 고맙게 받았다. 먼 훗날 동방에서 그 풀이 목숙이라 불리며 번성할 거라곤 감보도 상인도 알지 못했다.

"대월지국 여왕님도 우리 백마를 타시지요."

상인의 자랑에 감보는 숨이 멎을 만큼 놀랐다.

"대월지라고요?"

감보는 놀라움을 감추고 천천히 물었다.

"그 나라에 대해 잘 아십니까?"

"잘 알다마다요. 우리 대완과 이웃해 있는걸요."

열여섯에 황제의 명을 받아 떠날 때 처음 새긴 이름, 월지. 이렇게 멀리까지 와 나라를 세웠다니. 생각도 못 한 일이었다.

감보는 때가 되었음을 느꼈다.

그해 휴도 땅에 닥친 겨울은 지독했다. 때 이른 눈이 대지를 덮었다. 얼어붙은 땅을 파헤치고 풀을 뜯을 힘이 없는 짐승들이 쓰러졌다. 벌판과 마을 할 것 없이 가축의 시체가 쌓였다.

바투르와 알지는 건초가 떨어지자 하는 수 없이 봄 초지로 가축들을 몰아갔다. 봄을 대비한 초지를 당겨쓴다는 건 무모한 짓이었으나 다른 도리가 없었다.

"봄이 되어도 많은 양과 염소들이 새끼를 갖지 못할 거예요."

알지의 말에 바투르는 묵묵히 고개를 끄덕였다.

양의 어깨뼈로 점을 치며 솜마가 알지에게 말했다.

"초원에선 천신의 자비에 기대어 살지. 오래도록 여름은 풍요롭고 겨울은 자애로웠다. 때론 잔혹한 날을 견뎌야지."

솜마는 눈을 들어 동쪽 하늘을 보았다. 적운의 불그스름한 기운이 차츰 강해지고 있었다.

4

기원전 129년. 감보와 장건이 한나라 땅을 떠나온 지 딱 십 년째 되던 해였다.

흉노가 상곡 지역을 노략질하자 한 무제는 이를 명분으로 위청, 공손하, 공손오, 이광 네 장군에게 흉노를 치게 했다. 그중 위청이 7백의 흉노 병사를 죽이거나 사로잡는 성과를 거두며 흉노 땅 안으로 밀고 들어갔다.

휴도왕이 지원군을 보내 후방을 치지 않았다면 흉노는 더 큰 손실을 입었을 것이다. 예기치 못한 이 공격으로 공손오는 1만의 병사 중 7천의 병사를 잃으며 크게 패했고 이광은 흉노에 사로잡혔다가 위청의 도움으로 겨우 탈출했다.

휴도 전사들을 선봉에서 지휘한 장군은 바투르였다. 그 곁엔 늘 알지도 함께였다. 흉노 사람들은 그들을 무적의 전사요, 흉노의 수호자라 불렀다.

한나라와 흉노 사이에 전쟁의 기운이 높아지던 어느 날, 장건이 감보를 비밀리에 찾아왔다.

"잘 지냈나?"

장건과 감보는 마유주를 앞에 두고 마주 앉았다. 감보가 동북도위 사절을 따라 떠나던 해에 만나고 사 년 만이었다.

"못 알아보겠네, 감보. 이국의 땅에서 멋진 사내대장부가 되었군."

장건이 감보를 찬찬히 훑어보며 말했다.

"자네는 처와 아이까지 있지 않나. 나보다 어른이지."

장건은 미소 지었다. 눈에 핏발이 서고 광대가 도드라져 감보보다 나이가 들어 보였다. 공기 중에 팽팽한 긴장이 감돌았다. 장건이 그저 안부나 묻고자 힘든 걸음을 한 게 아님을 알기에 감보는 마음의 준비를 했다.

"선우가…… 병이 들었네. 태자인 어단은 자네도 알다시피 아직 어리네."

감보는 깊은 숨을 들이켜며 장건을 똑바로 보았다.

"천군이 선우의 아우인 우현왕 이치사에게 붙은 건 자네도 알걸세. 이번 위청의 진격으로 반한파가 어느 때보다 격앙되어 있네. 희생양을 요구하는 목소리가 하늘을 찌른다네."

"나는 정치와는 무관하게 살아왔네. 쉽게 말해 보게."

"천군이 선우의 병을 낫게 하기 위해선 오는 봄 천신제 때 적의 피를 제물로 바쳐야 한다는 신탁을 내놓았어. 그 제물로 낙점된 이가…… 바로 감보, 자네야."

"내가…… 적이란 말인가? 흉노 땅에서 십 년 세월을 보냈는데."

감보가 쓴웃음을 지었다.

"왜 나란 말인가? 높으신 분들 눈에 띄지도 않는 곳에 엎드려 있었건만."

"정말로 그렇게 생각하나? 이번 전투에서 왕자 바투르가 이끄는 휴도 군대가 눈부신 활약을 했지. 그들이 없었다면 무슨 일이 벌어졌을지 어찌 알겠나? 그래서 이치사가 무슨 생각을 했을 것 같나? 휴도 군대의 훌륭한 무기들과 이국의 말들이 어디서 났을까 미칠 듯 궁금해졌을 거라 생각지 않나?"

감보가 눈을 내리깔았다. 장건은 그런 감보를 쏘아보았다.

"이치사와 천군은 권력을 손아귀에 넣기 위해서라면 못 할 짓이 없는 자들이야. 이치사는 선우에 대한 충성심이 강한 휴도왕의 군대가 강성해지는 걸 원치 않네. 선우가 병상에 누운 지금 거리낄 게 무어 있겠나?"

장건은 마유주를 들어 한 모금 마셨다.

"선우가 죽으면 내란이 일어날 거야. 그때 자신의 편에 설 세력과 아닐 세력…… 이치사의 머릿속에선 이미 다 나뉘어 있다네. 왜 자네를 제거하려는지 이제 알겠지."

"그럼……."

"하서회랑을 나누어 다스리는 혼야왕은 이미 이치사가 포섭했네. 나 또한 선우가 죽으면 더 이상 산목숨이라 할 수 없겠지."

감보는 몇 번 본 적 있는 혼야왕의 얼굴을 떠올렸다. 사냥에 앞장서 용맹을 다투지만 언제라도 주인의 뒤꿈치를 물 수 있는 개와 같은 자였다.

감보가 고개를 저었다.

"한나라의 공세가 나날이 거세지는데 강하고 충성스러운 휴도왕을 견제할 생각이나 하다니."

장건이 쓰게 웃었다.

"그게 정치지."

감보가 장건을 똑바로 바라보았다.

"내가 아는 말지기는 짐승을 자유롭게 풀어 두지만 단 한 마리도 병들게 두거나 새끼를 밴 사실을 놓치는 법이 없다네. 짐승들은 아무리 멀리 가도 그 사람에게로 돌아오지. 왕이 백성을 다스리는 것도 그와 같다면 나는 기꺼이 그걸 '정치'라 부르겠네."

장건이 멈칫하더니, 쓸쓸하게 고개를 끄덕였다.

장건은 감보의 빈 잔에 다시 술을 따랐다.

"아무튼 우리 한나라를 위해선 이들의 내분이 나쁠 거 없지. 자, 내가 가져온 소식을 다 전했네. 이제 자네가 나에게 할 말이 있을 것 같군."

감보는 의자에 천천히 등을 기대며 장건을 바라보았다. 옛날의 장건이라면 감보가 적을 위해 헌신했다며 비난을 퍼부었을 것이다. 하지만 이제 장건은 그러는 대신 실리를 따졌다. 감보에게 목숨이 달린 정보를 가져와 그에 상응하는 가치를 가진 것을 내놓으라 하는 것이었다.

감보는 일어나 입구로 가 장막 밖을 살피더니 장막의 골조 뒤에 겹겹이 덧댄 방한용 가죽 조각 속에 손을 넣어 무언가를 꺼냈다. 얼핏 그저 방한 가죽의 일부로 보이는 때 묻은 양가죽이었다. 감보는 장건이 앉은 탁자에 그걸 툭 던졌다.

"내가 다닌 나라들과 길을 표시한 지도네. 지난 사 년 동안 내가 만들었지."

장건이 감보를 올려다보았다. 감보가 긴 손가락으로 지도를 짚었다.

"대월지는, 자네가 그토록 찾던 그 나라는, 여기, 강거 아래 대완국 바로 옆에 있네."

손때가 덕지덕지 묻은 지도를 한참 들여다보던 장건이 감보를 바라보았다. 눈에 눈물이 고여 있었다.

"감보…… 나는 헛된 세월을 보내지 않았어. 그렇지 않나?"

감보는 친구의 손을 꼭 잡아 주었다. 쉽지 않았던 지난 세월, 장건도 자신도 운명에 맞서거나 순응하며 여기까지 온 것이다.

"이제 어쩔 텐가?"

"대월지로 가야지."

장건이 힘주어 대답했다.

"봄 숙영지로 대대적인 이동을 할 때 어수선함을 틈타 가족을 데리고 탈출할 생각이네. 가족까지 있는 터라 나에 대해 경계가 느슨해져서 어렵진 않을 걸세."

감보는 지도를 펼쳐 북서쪽 협로를 짚어 주었다.

"이런 날을 예상하고 은신처를 마련해 두었네. 이 길은 험하고 좁은 곳이라 추적이 쉽지 않다네. 여기 은신처까지만 가면 위험은 벗어나는 거네. 그곳에 약간의 금을 숨겨 뒀으니 대월지로 가는 노자로 쓰게."

장건은 진심으로 고마워하며 고개를 끄덕였다.

"자네는 어쩔 텐가? 시간이 별로 없네."

"나는 지도에 있는 길을 이용하지 않을 생각이네."

감보가 담담히 말했다. 장건이 놀란 눈을 했다.

"마음을 준 여자가 있네. 그 사람과 함께 이 땅을 벗어나 겠다는 마음으로 오랫동안 준비해 왔네. 익숙한 길로는 추 격대를 따돌리지 못할 테니까, 나를 죽이려는 자들, 나를 필 요로 하는 자들 모두 따돌린 다음 전혀 생각지도 못할 길로 갈 거야."

"그런 다음엔……?"

감보가 미소 띤 얼굴로 장건을 똑바로 보았다.

"내가 가려는 세상은 자네와는 길이 다르다네. 그 길에 알 지와 나를 기꺼이 맞아 줄 형제들이 있네."

장건이 차분하게 고개를 끄덕였다.

"그러리라 짐작했네. 하늘이 보살피시길."

"자네의 앞길 또한."

장건을 배웅하고 돌아오니 장막 안에 알지가 기다리고 있 었다. 둘은 말없이 서로를 바라보았다. 쓰라린 분노와 고통 이 담긴 알지의 눈동자를 보며 감보는 미안함과 슬픔을 느졌다. 운명은 한 번도 두 사람 편이었던 적이 없는 것 같았다.

"들었구나. 내가 말하려 했는데."

울컥 치미는 감정을 누르며 감보가 입을 뗐다.

"마구간에서 장건의 시종에게 들었어. 천군이 널 제물로 삼으려 한다고."

알지의 눈 속에 차가운 불길이 타올랐다.

"천군을 죽여야겠어. 자기가 정적에게 했던 것처럼 독화 살로 심장을 꿰뚫어 주겠어. 바투르와 함께 가서 그 야비하 고 더러운 자를 불태워 버리겠어. 고통 속에 죽어 가는 그자 의 얼굴에 침을 뱉어 주겠어."

"알지."

감보가 알지의 두 손을 끌어 잡았다.

"그만둬."

바투르와 알지는 휴도 땅 사람들이 믿고 따르는 데다 흉 노 사람들이 칭송하는 영웅이었다. 이 땅은 둘로 찢어져 전 쟁이 일어날 것이다. 그것은 감보가 바라는 바가 아니었다.

"이제 난 아버지를 잃고 울던 계집아이가 아니야. 너를 이 렇게 잃을 수는 없단 말이야!"

누가 먼저랄 것도 없이 둘은 서로를 격렬하게 끌어안았다.

"다른 이의 피를 흘리게 할 순 없어."

감보가 격정을 가라앉히려 애쓰며 말을 이었다.

"함께 떠나자. 내가 약속했잖아. 너와 함께 여길 떠나겠다고. 자유를 되찾겠다고. 오랫동안 이날을 위해 준비해 왔어."

알지가 감보의 품에서 머리를 들었다. 올려다보는 눈길에 기쁨과 비애가 엉겨 있었다. 알지는 바투르를 잘 알았다. 바투르는 땅끝까지라도 뒤쫓아 올 것이다.

"그래, 함께 떠나자. 땅끝까지라도 가자."

눈물이 차오르는 감보의 눈앞에 간절히 바라던 일이 펼쳐졌다. 자신과 알지, 그리고 흰별이 자유롭게 바람을 맞으며 사막을 지나고 설산을 넘는 모습이.

오래 꿈꿔 온 일이었다.

이듬해 초, 장건 가족의 비보가 들려왔다.

겨울 숙영지에서 봄 숙영지로 대이동을 하던 때였다. 장건 아내의 친정이 거기서 멀지 않은 곳에 있어 하룻밤 다녀와 다시 합류하겠다며 떠난 장건 가족이 돌아올 때가 지났는데도 오지 않았다. 뒤를 쫓아갔는데 고갯길을 돌아 돌아 호수에 이르러 말 발자국이 끊겼다. 아무래도 언 호수를 건넌 듯했다. 그 호수는 소금 호수라 단단해 보여도 가운데 쪽은 약했다. 호수 가운데 얼음장이 크게 꺼진 흔적과 어지러운 말 발자국 등이 있어 비극이 일어났음을 짐작게 했다.

이동 장막 안에 누워 있던 군신선우와 태자도 슬퍼했다. 우현왕 이치사는 내심 흡족해 보였다. 이치사가 몰래 사람을 보내 암살했다는 소문도 암암리에 돌았다.

그러나 그 시간 장건의 가족은 샛길로 빠져 감보가 말했던 은신처에 도착해 있었다.

휴도 땅에서는 여느 때와 같이 감보의 원정대가 서쪽으로 출발했다. 길을 떠난 지 얼마 안 되어 선우에게서 특사가 왔다.

"감보는 어디 있는가? 속히 데려오라는 명을 받고 왔다!"

휴도왕은 영문을 모른 채 감보가 이미 길을 떠났다고 말했다. 특사는 화를 벌컥 내더니 데려온 부대를 이끌고 감보가 떠난 길을 따라 말을 달려갔다. 바투르는 알지가 불안해하자 자신이 무슨 일인지 알아보겠다며 바로 뒤를 따라갔다. 이렇게 해서 쫓고 쫓는 무리가 서쪽 길을 따라 달렸다.

이른 아침 장액에 이르러 특사와 바투르는 감보 일행이 묵은 여관을 찾아냈다. 감보의 호위 무사가 당혹한 표정으로 뛰어나와 마당에 무릎을 꿇고 머리를 조아렸다.

"감보는 어디 있는가?"

특사가 엄하게 물었다. 호위 무사가 이마를 땅에 짓찧으며 대답했다.

"저를 죽여 주십시오. 아침에 일어나니 감보 공자의 방이 비어 있었습니다. 지금 부하들을 이끌고 사방으로 찾아 나서려던 참입니다."

호위 무사는 혼란에 빠진 표정이었다. 감보가 흉노 땅에 온 지 십 년이다. 옮겨 심은 나무도 튼튼히 땅에 뿌리를 내릴 세월이었다. 서역을 오가는 일도 큰 애착을 가지고 있었다. 호위 무사는 충성심 깊고 자부심 강한 흉노 사내였기에 감보가 이렇게 사라져 버린 게 이해가 되지 않았다.

특사는 감보를 찾으라고 고래고래 소리를 질렀다. 사방을 발칵 헤집어 놓은 뒤에야 여관 주인이 끌려 나왔다. 그는 잘생긴 남자가 이마에 흰 별 무늬가 있는 말을 타고 서쪽 대로로 달려가는 걸 봤다고 했다. 특사는 병사들을 이끌고 감보가 갔다는 길을 뒤쫓았다.

'감보가 달아났다고? 알지를 두고?'

바투르는 특사를 뒤따를 생각조차 잊고 멍하니 서 있었다. 바투르의 낯빛이 점점 창백해졌다.

"말을 가져와라! 휴도 땅으로 돌아간다!"

먹지도 자지도 않고 말을 달려 도착했지만, 마을 어디에서도 알지는 보이지 않았다. 바투르는 솜마의 장막 안으로 뛰어들어 늙은 무당의 목에 칼을 들이댔다.

"당신은 알고 있었지?"

바투르를 올려다보는 솜마의 눈에는 연민이 깃들어 있었다.

"어디로 갔나?"

"저는 모릅니다, 왕자님."

바투르는 칼을 휘둘러 장막 안의 물건과 그릇들을 부쉈다. 핏발 선 눈에 불꽃이 튀고 칼을 쥔 팔뚝이 부들부들 떨었다.

"기다려라, 늙은 무당아."

바투르가 차갑게 내뱉었다.

"알지는 네 유일한 가족이지. 그 목을 너에게 가져다주겠다."

바투르는 솜마의 장막을 뛰쳐나갔고 곧 땅을 박차는 말발굽 소리가 들렸다.

알지는 사막 입구의 폐허가 된 마을에서 감보를 기다렸다.

우물이 있는 빈집에서 감보를 만나기로 되어 있었다. 알지가 타고 온 말이 우물가에서 건초를 우물거렸다.

흙벽돌로 만든 집은 충분히 바람을 피할 만했지만 들어가는 게 내키지 않았다. 지금은 사라진 주인들의 혼령이 서성대고 있을 것만 같았다. 알지는 물이 말라붙은 우물을 들여다보았다. 기분 나쁜 냄새가 났다.

텅 빈 마을의 공허가 알지를 두렵게 했다. 양 떼의 울음소리가, 술 익는 냄새가, 사람들의 떠들썩한 웃음이 그리웠다. 빈집, 빈 길, 선 채로 죽은 나무 사이를 바람만이 살아서 웅웅 울부짖으며 돌아다녔다.

집 옆에 토굴로 내려가는 계단이 있었다. 바람이나 피할까 해서 알지는 흙을 다져 만든 계단을 내려갔다. 토굴의 나무 문은 손으로 밀자 저항 없이 열렸다.

알지는 흙을 단단히 다져 만든 주검받침에 반듯이 누운 시신을 발견했다. 너무 건조한 땅이라 그런지 죽은 사람은 썩지 않고 미라가 되어 있었다. 길게 타래진 머리와 긴 모직 치마로 여자였음을 알 수 있었다. 뼈와 가죽만 남은 두 손은 가슴께에 포개져 있었다. 타래진 노란 머리칼과 모직 옷도 시간에 버림받은 듯 온전했다.

'얼마나 오랫동안 혼자였나요? 가엾은 사람.'

죽은 여자 옆 바닥에 웅크리고 앉은 알지는 두 팔에 얼굴을 묻고 잠이 들었다.

두고 온 휴도 땅의 꿈을 꾸었다.

분명 알지가 구석구석 아는 그 땅인데 텅 비어 있었다. 모두 사라져 버렸다. 우물우물 잇몸으로 즙 많은 잎을 씹던 늙은이들도, 바투르가 훈련시키던 의젓하고 순박하던 소년들도, 부끄럼 모르던 처녀들도, 이젠 코밑 수염자리가 거뭇거뭇해지는 친동생 같은 첸가도, 속절없는 가뭄과 잔인한 추위에 맞서 안간힘을 다해 지켜 내던 가축들도, 봄의 초지도. 정을 주고 애틋이 여기던 모든 것들이 없었다.

'모두 어디로 가 버린 거야?'

알지는 어린 계집아이 모습으로 빈 바람만 윙윙 부는 마을을 울면서 돌아다녔다. 어디선가 간절한 소리가 들려왔다.

'떠나지 마. 나를 버리고 가지 마.'

꿈에서 깨어난 알지의 얼굴은 눈물로 범벅이 되어 있었다. 가슴이 미어지는 듯했다. 두고 온 기억들이 너무 아팠다.

'이건 죽은 저 여자가 불어넣은 꿈이야.'

알지는 깊은 슬픔을 떨치듯 죽은 여자를 뒤로하고 땅 위로 올라왔다.

해 질 무렵 감보가 짐을 실은 낙타 두 마리를 이끌고 왔다.

서역풍의 깃 넓은 겉옷을 맵시 있게 입은 감보가 흰별을 타고 들어서며 환한 미소를 짓자 알지의 마음속 막막한 어둠이 비로소 빛을 되찾았다.

"집 안에 들어가 있지, 왜?"

감보가 안쓰러운 듯 알지를 끌어안았다. 알지는 말없이 감보의 단단하고 늘씬한 허리에 두 팔을 감고 얼굴을 묻었다.

감보는 집으로 들어가 빈 화덕에 불을 지피고 차를 끓였다. 더운 차를 마시고서야 유령처럼 창백하던 알지의 뺨에 붉은 기운이 돌아왔다. 알지가 중얼거렸다.

"여기 살던 사람들은 다 어디로 갔을까?"

감보는 고개를 저었다. 무슨 일이 일어났는지 어떻게 알겠는가. 모래가 길을 덮듯 시간은 살아 펄떡이던 도시를 비밀 속에 묻는다.

"전쟁에서 패해 남자들은 죽고 여자와 아이들은 노예로 끌려갔을지도 모르지. 물길이 변하는 바람에 농사를 짓지 못하게 되어서 마을을 버렸는지도 모르고. 사막은 커다란 거미처럼 늘 움직이거든."

감보가 담담히 말했다. 지난 사 년 동안 이런 마을을 몇이나 보았다. 버림받고 비어 버린 도시를.

"흉도 땅도 언젠가…… 그렇게 될까?"

알지가 나직하게 물었다. 그 목소리에 담긴 쓰라림에 감보는 불안을 느꼈다. 서역에서 처음 돌아오던 날 벌판에서 알지를 본 이후로 계속 마음 깊은 곳에 남아 있던 불안이었다. 감보는 알지를 힘주어 안았다.

"휴도 땅 사람들은 강해. 왕위를 이을 바투르는 용맹하고 지혜로워서 어려움이 있어도 잘 이겨 낼 거야. 떠나온 곳은 이제 잊어."

감보는 빈 침상에 건초를 푹신하게 깔고 양털 깔개를 덮어 잠자리를 마련했다. 돌아보니 알지가 고개를 비스듬히 기울이고 반쯤 졸고 있었다. 행복감이 가슴을 따뜻하게 채웠다. 얼마나 바라 왔던 평범하고 조용한 하루의 끝인가. 한 침상에 누워 알지의 부드러우면서도 단단한 몸을 안자 가슴이 뛰었다. 떨리는 두 입술이 조심스럽게 닿았다.

이제 다신 떨어지지 않으리라.

끊임없이 부는 바람이 모래를 날려 메마른 회색 자갈땅만 남은 황야가 감보와 알지 앞에 끝없이 펼쳐져 있었다.

사람이 다니지 않는 이 사막을 관통해 쉬지 않고 열흘 남짓 달리면 트리타크가 일러 준 버려진 마을이 나온다. 마르지 않은 우물이 있고 식량도 숨겨 둔 일종의 중간 기지였다. 거기까지 갈 물과 식량은 충분했다. 말과 낙타도 튼튼했다. 도적 떼의 위협도 없으니 시일 안에 닿기만 하면 되었다. 거기서 잠시 숨을 돌린 뒤 내처 사막 끝까지 가면 마을이 나온다. 그곳에서 기다리고 있으면 트리타크와 형제들이 와서 감보와 알지를 안전한 곳으로 데려갈 것이다.

한여름이 아니라 다행이었다. 사막을 달구는 태양 때문에 한여름에는 낮에 움직이는 게 불가능하기 때문이다. 낯선 사막을 밤에 움직여야 했다면 더욱 힘들었으리라.

지난 십 년 동안 뭐라고 불렸든, 지금 두 사람은 바람처럼 모래처럼 밤하늘에 가득 반짝이는 별처럼 아무 이름에도 얽매이지 않았다.

천지 사방 둘뿐이었다. 지평선으로 해가 내려앉을 때면, 세상의 끝을 지켜보는 기분이 들었다. 그러나 곧 별이 하나둘 돋아나 군청색 밤하늘을 한가득 수놓으며 반짝였다. 얼마나 오래전부터 저 별들이 꽃피었을지 얼마나 오랜 뒤까지 피고 지고를 반복할지 아무도 알 수 없었다. 별들이 둘의 사랑이 외롭지 않게 지켜봐 주었다. 사위가 어슴푸레 밝아 오면 막막한 두려움과 함께 눈을 떴으나 그때마다 눈앞에 서로의 눈동자가 있었다. 지평선 끝에서 해가 솟아오르며 또 하루가 태어났다.

닷새째 되는 날이었다. 낙타들이 울부짖으면서 주저앉았다. 낙타들이 코를 땅에 박는 걸 보고 감보는 알지를 급히 말에서 내리게 했다. 트리타크가 말해 준 모래 폭풍이 오는 게 분명했다.

무릎 꿇고 몸을 웅크린 낙타 두 마리를 방벽 삼아 두 사람은 서로 끌어안고 얼굴을 파묻었다. 알지의 가슴이 쿵쿵 울리는 걸 느꼈다.

거친 바람이 맹렬하게 덮쳐 왔다. 바람이 먹잇감을 포위하고 짐승처럼 으르렁댔다. 모래 알갱이가 온몸을 때리고 입과 코로 모래가 밀려들었다.

얼마나 지났을까. 이젠 다 놀았다는 듯이 바람이 퇴각했다. 겨우 몸을 일으키니 어느새 해가 서쪽으로 성큼 기울어 있었다. 알지와 감보는 만신창이가 되어 버린 서로의 모습을 보고 웃었다.

말과 낙타와 짐을 챙기던 감보의 낯빛이 핼쑥해졌다. 알지가 탔던 말이 사라진 것이다. 바람 소리가 너무 거셌고 계속 고개를 숙이고 있었기 때문에 말이 사라졌는지도 몰랐다. 감보는 다급하게 사방을 훑어보았다. 바람이 바꾸어 놓은 황량한 풍경 어디에도 말의 흔적은 보이지 않았다.

감보는 말을 찾으러 나서는 걸 포기했다. 어디로 가야 할지도 몰랐고, 자칫 길이라도 잃고 헤맸다간 돌이킬 수 없는 일이 벌어질 터였다. 사막의 해는 짧았다. 금세 해가 지고 어둠이 밀려들었다.

불을 피우고 간단히 저녁을 해 먹고 장막을 치는 동안 감보의 마음은 점점 돌덩이처럼 무거워졌다. 두 마리의 낙타는 짐을 나누어 져야 했다. 말 한 마리에 감보와 알지가 함께 탄다면 말이 지칠 것이다. 한 사람이 타면 한 사람이 걸어야 한다. 그러면 중간 보급지에 도착하는 게 예상보다 훨씬 늦어지고 만다. 식량은 그렇다 쳐도 물이 떨어지면…….

감보는 모래 구릉들의 검은 윤곽선을 망연히 바라보았다. 물 없이 사막에서 얼마나 버틸까?

다음 날 아직 동이 트기도 전에 감보는 알지를 깨우고 짐을 꾸린 뒤 길을 떠났다. 잠을 줄여 하루에 이동하는 거리를 최대한 늘려야 했다.

알지에게 미열이 있었기 때문에 감보가 주로 걸었다. 낙타는 말보다 느리긴 해도 끈기와 참을성은 대단해서 하루 종일 흐트러짐 없이 걸을 수 있었다. 그런 낙타와 보조를 맞추기 위해선 감보도 쉬지 않고 걸어야 했다. 부르트고 물집 잡힌 감보의 두 발은 아픔조차 느끼지 못한 채 한 걸음 또 한 걸음 앞으로 나아갔다. 이 막막한 사막에서 할 수 있는 건 그것밖에 없었다.

감보의 귀와 눈은 이제 실제와 희망을 혼동하기 시작했

다. 바람이 불 때마다 감보의 귀는 모래 구릉 너머서 낙타의 방울 소리를 들었다. 그때마다 달려가고 싶었지만 이성이 감보의 두 발을 붙들었다. 물을 충분히 마시지 못한 알지의 몸은 더욱 뜨거워졌다. 흰별의 걸음도 현저히 느려졌다.

저 멀리 희게 반사되는 얼룩 같은 게 보였을 때 감보는 미친 듯 달려갈 수밖에 없었다. 신기루에 대한 얘기를 듣긴 했지만, 지금 눈에 보이는 건 햇빛에 반사된 물빛이 분명했다.

하지만 감보를 기다린 건 뜨거운 햇빛에 하얗게 바랜 해골이었다. 텅 빈 눈구멍이 감보를 향해 속삭였다. 이 광막한 무가 진짜요, 있음이란 한갓 꿈이라고.

시간을 지체할수록 살 가망은 희박해졌지만, 알지의 몸 상태가 더 나빠져 해가 지려면 아직 멀었는데도 야영 준비를 할 수밖에 없었다. 물은 그날 밤을 넘길 만큼도 남지 않았다.

"안아 줘."

알지가 쉽게 잠들지 못하고 감보에게 속삭였다. 감보는 알지를 꼭 안아 주었다. 뜨겁고 바짝 마른 몸이 감보에게 안겨 왔다. 중얼거리는 알지 목소리가 너무 작았기 때문에 감보는 알지의 입술에 귀를 가져다 댔다.

그 빈 마을에서 둘에게 아이가 왔다고, 열이 나고 몸이 약

266

해진 건 그 때문이라고, 다음 생에 셋이 다시 만나자고 했다.

"기억해…… 나는 후회하지 않아. 귀신이 되어 함께 황야를 떠돌자."

알지는 입가에 미소를 띤 채 잠들었다. 감보의 눈물이 잠든 알지의 하얗게 바랜 입술에 떨어졌다. 감보는 몸을 일으켜 장막 밖으로 나갔다. 무턱대고 달려가 마른 풀뿌리 밑을 단검으로 미친 듯이 팠다. 칼이 부러지자 맨손으로 팠다. 당연히 물은 나오지 않았다.

알지는 이렇게 죽어서는 안 될 사람이었다. 알지를 휴도 땅에서 데려오지 말았어야 했다. 감보는 땅에 이마를 짓찧으며 짐승처럼 울었다.

실핏줄이 터진 듯 눈앞이 붉게 물들었다. 이별을 앞둔 해가 지평선 위에 위태롭게 걸려 있었다.

핏빛 하늘 위로 성미 급한 별이 몇 개 돋아나 천진하게 반짝이고 있었다.

'저 해가 떨어져도 세상은 끝나지 않고 별들은 반짝이는데 알지는 이 세상에서 사라진다.'

문득 낙타 방울 소리가 들려왔다. 또 헛된 희망이 귀를 속이는구나. 하지만 방울 소리는 점점 커졌고 땅을 울리는 말발굽 소리까지 보태어졌다.

감보는 온몸을 떨면서 천천히 고개를 들었다.

그림자를 앞세우고 말을 탄 병사들과 짐 낙타의 긴 행렬이 다가왔다.

"감보."

행렬이 감보 앞에 멈추자, 맨 앞의 말 탄 자가 그의 이름을 불렀다. 감보는 올려다보았다.

"바투르."

"휴도왕이라 불러라."

늙은 왕이, 죽었구나. 감보는 젊은 휴도왕 바투르에게 예를 갖춰 절했다.

"알지는 어디 있나?"

바투르는 핏자국이 말라붙은 목 하나를 감보 앞에 툭 던졌다. 여관 주인의 목이었다.

"서쪽 길로 달아난 척 눈속임을 하고 사막을 가로질러 달아날 줄이야. 알지를 내놓아라. 네 눈앞에서 알지의 목을 먼저 베어 주마."

감보는 천천히 손을 들어 장막을 가리켰다.

"알지는 아이를 가진 몸이다."

감보의 말에 바투르의 검은 눈썹이 꿈틀했다. 바투르는

말에서 내려 장막으로 걸어갔다. 알지는 죽은 사람처럼 양털 외투에 폭 싸인 채 눈을 감고 있었다. 한눈에 봐도 쇠약해진 모습이었다. 바투르는 무릎을 꺾고 두 손으로 알지의 얼굴을 감쌌다. 살갗은 메마르고 뜨거웠다. 바투르의 증오심이 거품처럼 사그라들었다.

두 연놈의 목을 단칼에 베어 술잔을 만들어 곁에 두리라고 뇌까리며 달려왔지만, 바투르는 자신이 알지를 죽일 수 없다는 걸 깨달았다. 죽이긴커녕 손끝 하나도 상하게 할 수 없었다.

분노라고 믿었던 건 알지를 잃은 쓰라린 고통이었다.

바투르는 패배를 인정했다. 바람이 쓸어 간 사막처럼 마음이 텅 비었다. 마지막으로 알지의 모습을 눈에 눌러 담고 바투르는 밖으로 나왔다.

"알지를 데리고, 떠나라."

바투르가 잠긴 목소리로 감보에게 말했다.

"내 마음이 변하기 전에 떠나라. 물과 식량과 말을 주겠다."

감보의 입술이 떨렸다.

"왜 나를 죽이고 알지를 데려가지 않는 거냐……."

바투르는 아무 말도 하지 않았다. 그 침묵이 대답이었다.

감보는 자신이 졌다고 생각했다. 바투르의 사랑은 깊고 옳았다.

"휴도왕이여."

감보가 마침내 입을 열었다.

"혼자 떠날 사람은 나요. 나에겐 휴도가 유배의 땅이었지만, 알지에겐 아니었소. 외면하고 싶었던 건 내 욕심이었소. 알지와 아이를 지켜 주시오."

한 사람을 사랑하는 두 사내의 눈빛이 얽혔다. 바투르가 천천히 고개를 끄덕였다.

'사랑하는 일이 모두에게 이렇진 않을 텐데 그대와 나에겐 참 어려운 길이구나.'

바투르는 눈으로 그렇게 말하고 있었다. 감보도 가만히 고개를 끄덕이고 알지가 누운 장막으로 들어갔다.

감보는 잠든 알지의 이마에 입을 맞추었다. 슬픔이 밀려들었다. 생각해 보면 둘은 함께한 날보다 떨어져 있던 날이 더 많았다. 이제 알지는 돌아가고 자신은 떠나가야 한다.

감보는 허리띠에 달린 주머니 하나를 풀어 알지의 가슴 위에 올려놓았다. 대완의 상인이 준 말먹이 풀씨가 든 주머니였다.

'알지, 내 사랑. 마을이 사람들이 어떻게 사라져 갔냐고 물었지. 나는 모른다고 대답했고. 하지만 나는 보았어. 메마르고 척박한 땅에서 사람들이 세우고 일군 마을과 성을. 알지, 내 사랑. 이 씨앗이 지금은 죽은 것처럼 보이지만 땅에 떨어져 햇빛과 바람을 맞으면 푸르게 깨어날 거야. 살아가는 일은 끝나지 않아. 그러니 알지, 당신이 머무는 곳마다 이 씨앗을 뿌리고 번성하게 해 줘. 이 풀이 바람에 넘실대는 걸 볼 때면 당신이 꿋꿋하고 아름답게 살고 있는 걸 생각하며 기뻐할 테니.'

밖으로 나오니 바투르가 새 말과 짐 실은 낙타를 마련해 놓았다. 감보는 새 말과 낙타의 코를 꿴 줄을 말안장에 매달고 흰별에 올랐다. 흰별이 알지와의 이별을 안다는 듯 목 놓아 슬프게 울었다.

마지막으로 뒤돌아보았을 때 병사들은 야영 준비로 분주했다. 작은 장막은 오도카니 어둠에 잠겨 가고 있었다.

가슴에 뻥 뚫린 구멍으로 바람이 불어왔다. 감보는 말 옆구리를 찼다. 풀씨처럼 잠든 여인을 뒤로한 채 어둠을 뚫고 달려갔다.

기원전 121년 봄, 한나라 곽거병 장군은

정예 군단을 이끌고 하서 지방을 정벌하러 온다.

혼야왕은 한나라에 투항하자고 휴도왕을 설득했지만

휴도왕은 투항을 거부하고 전쟁 준비를 했다.

혼야왕은 선우에게 배신을 고해바칠까 두려워

휴도왕을 급습했다.

휴도왕은 두 아들과 아내 알지를 달아나게 한 뒤

혼야왕의 병사들과 맞서다 죽었다.

십삼 년 전, 사랑하는 여인의 곁을 지키며

그보다 먼저 죽으리라던 바투르의 맹세는 그렇게 지켜졌다.

길지 않은 세월 동안 휴도왕 바투르는

아내와 자식들을 지극히 사랑했다.

그리고 전사로서, 한 여자의 지아비로서

부끄러움 없는 죽음을 맞았다.

휴도왕의 아내 알지와 아들들은 사로잡혀 한나라에 보내졌다.

휴도왕의 태자에게 궁의 말지기를 맡겼는데,

말을 다루고 관리하는 데 뛰어난 재주가 있어

곧 한 무제의 눈에 들게 되었다.

한 무제는 흉노 땅에서 황금상을 신으로 모신다 하여

그에게 김씨 성을 주었고 이름을 일제로 불렀다.

그는 재능과 성실함으로 황제의 신임과 사랑을 한 몸에 받아

권력의 핵심에 올랐다.

그의 후손이 먼 훗날 한반도까지 흘러들었다는
이야기도 있지만 확인할 길은 없다.
감보에 대한 역사 기술은 그가 장건과 함께 돌아왔다는 데서 끊긴다.
그 뒤로 그가 어떤 삶을 살았는지에 대한 기록은 없다.
김일제와 그 어머니 알지가 황궁에서 살아남는 데
힘을 보탰을 수도 있다.
아마도 그는 정치에는 나서지 않은 채
서역 땅에서 자신의 천명인 교역에 평생 몸 바쳤으리라.
흰별을 타고 바람을 맞으며 길 없는 길을 달렸으리라.
그러다 사막이나 천산의 고도에서 변덕스러운 자연과 맞서다
죽음을 맞았을지도 모른다.
어떤 죽음이었든 그다운 죽음이었을 것이다.
기록에 김일제와 함께 이름이 나올 뿐
알지의 삶 또한 알려진 바가 없다.
그녀의 삶은 파란만장하고 고난과 슬픔으로 가득했지만,
감보가 바랐던 대로 꿋꿋하고 아름답게 살아갔으리라.
감보가 알지에게 준 말먹이 풀은 목숙이라 불리며
중국에서도 번성했는데, 먼 훗날 신라의 기록에 나라에서
특별히 관리하는 목숙에 대한 이야기가 나온다.
목숙이 어떻게 해서 그 먼 곳, 알지의 옛 고향인
한반도까지 흘러들었는지는 알려져 있지 않다.

요즘 눈꽃 빙수에 꽂혔다. 서로 머리를 맞대고 예쁜 접시
에 담긴 빙수를 퍼먹으면 행복해진다. 이런 게 어디서 왔을
까? 우리를 둘러싼 온갖 것들에 대해 생각해 본다. 오랫동안
우리 곁을 지켜 준 것도 있고 어느새 쓸모를 잃고 사라져 버
린 것도 있다. 여기가 아닌 먼 곳에서 온 것도 있다. 우리를
고립시키거나 이어 주는 것들, 있으면 더 즐거운 것도 있다.
우리가 그것들을 만들고 퍼뜨렸듯이 그것들도 우리를 움직
이고 변화시켰다. 좋은 것을 만들면 우리도 좋아진다. 나쁜
것을 많이 만들면 우리도 나빠진다.

구슬, 종이, 목숙. 사소한 것에 얽힌 사람들의 이야기를 상
상했다. 사소한 것들이라도 거기 얽힌 이야기는 파란만장한
모험이라면 재미있겠다고 생각했다. 구슬과 종이와 풀은 아

무도 해치지 않는다. 그리고 내 이야기의 주인공들 또한 아무도 해치지 않는다. 거창한 말을 외치지도 않는다. 강물을 거슬러 오르는 연어처럼 운명에 힘껏 맞서고 소중한 사람을 지키려 애쓸 뿐이다. 이름 없는 그들이 내게는 영웅이다.

삶에 대한 막막한 두려움과 회의에 사로잡혔을 때 이 이야기를 쓰기 시작했다. 따뜻하고 재미있고 힘을 주는 이야기로 스스로를 위로하고 싶었던 게 생각보다 길고 어려운 여정이 되었다. 내가 서 있는 이쪽에서 사막과 설산과 바다 너머 저쪽 끝 사람을 찾아 나서듯 이 느린 모험 이야기를 썼다. 나에게 위로란 서로의 온기에 닿는 것이기 때문이다.

가족에게 감사한다. 글을 쓰기 위해 홀로 틀어박혔을 때도 가족의 온기가 나를 감싸 주었다.

창비 출판사 관계자 분들에게 감사드린다. 늘 글 쓰는 게 외롭다고 느껴왔는데 함께 무언가를 완성해 가는 보람을 느꼈다. 우리는 솔직하고 열린 태도로 열심히 일했고, 덕분에 이 책이 조금은 나은 작품이 될 수 있었다.

사람들은 이야기를 좋아한다. 이야기는 삶을 닮았고 삶은 이야기를 닮았다. 세상에 범람하는 많은 이야기들은 진실과 거짓, 사실과 허구, 소망과 환상, 선택과 배제로 이루어져 있다. 그러니 삶을 닮은 이야기든 이야기를 닮은 삶이든 무조

건 믿지는 않길 바란다.

　여기 담긴 이야기들은 허구이지만 거짓되진 않았다. 글을 쓰는 내내 이야기 속 사람들에게 진실하려 애썼기 때문이다.

　작은 구슬을 들여다보았는데 그 안에 크고 둥근 세상이 펼쳐져 있었다. 이야기엔 그런 마법의 힘이 있다. 그리고 우리에겐 정말로 그런 마법이 필요하다.

2016년 7월

배미주